Learn Spanish with Modern Don Quixotes

Spanish A2 Reader

Brian Smith

Spanish Graded Readers

For more books and E-book options visit:

www.briansmith.de

El Caballero del Casco Mágico

El Comienzo de la Aventura

Juan estaba caminando por la tienda de videojuegos cuando vio algo interesante.

—¡Mira, mamá! —dijo Juan—. Ese juego se llama "Caballero Virtual".

—¿Te gusta? —preguntó su mamá.

—¡Sí! Quiero comprarlo, por favor —respondió Juan emocionado.

La mamá de Juan sonrió y compró el juego. Juan estaba muy feliz. Al llegar a casa, no podía esperar para empezar a jugar.

—¡Voy a jugar ahora! —dijo Juan mientras corría a su habitación.

—No te olvides de hacer tus deberes —le recordó su mamá.

—Sí, mamá —respondió Juan, aunque solo pensaba en el juego.

Juan se puso el casco de realidad virtual y cerró los ojos. Cuando los abrió de nuevo, estaba en un mundo medieval.

—¡Guau! ¡Esto es increíble! —exclamó Juan.

En el juego, Juan se convirtió en un caballero con una espada y un escudo. Miró a su alrededor y vio un castillo en la distancia. De repente, apareció un hombre viejo.

—¡Saludos, caballero! —dijo el hombre—. Tu primera misión es rescatar a la princesa del castillo.

—¡Lo haré! —respondió Juan con valentía.

Juan comenzó su aventura hacia el castillo. En el camino, encontró unos monstruos pequeños. Con su espada y escudo, luchó contra ellos.

—¡Toma eso! —gritó Juan mientras atacaba a los monstruos.

Después de una dura batalla, Juan ganó. Se sentía muy orgulloso.

—¡He ganado! —exclamó—. ¡Soy un verdadero héroe!

La princesa apareció y le dio las gracias.

—Gracias por rescatarme, valiente caballero —dijo la princesa.

—De nada, princesa —respondió Juan—. Es un honor.

Juan se sentía como un verdadero héroe. Estaba muy emocionado y no podía esperar a la próxima misión.

—Mañana jugaré otra vez —dijo Juan mientras se quitaba el casco.

—¿Te divertiste? —preguntó su mamá desde la puerta.

—¡Sí, mucho! —respondió Juan con una gran sonrisa.

Y así, Juan decidió que jugaría de nuevo mañana.

- Aventura - Adventure
- Batalla - Battle
- Caballero - Knight
- Castillo - Castle
- Deberes - Homework
- Distancia - Distance
- Emocionado - Excited
- Escudo - Shield
- Espada - Sword
- Héroe - Hero
- Increíble - Incredible
- Juego - Game
- Misión - Mission
- Monstruo - Monster

- Orgulloso - Proud
- Princesa - Princess
- Realidad - Reality

La Línea entre Realidad y Ficción

Juan jugaba a "Caballero Virtual" todos los días. Cada vez que se ponía el casco, se sentía como un verdadero caballero.

—¡Mamá, soy un caballero! —dijo Juan una mañana.

—Sí, Juan. Pero recuerda que es solo un juego —respondió su mamá.

Pero Juan empezó a confundir el juego con la realidad. Un día, se vistió como un caballero en la vida real.

—¿Por qué llevas esa ropa? —preguntó su hermana.

—Soy un caballero —respondió Juan con orgullo.

Juan fue a la tienda y compró una espada de juguete. Cuando vio a sus amigos, les habló de sus misiones.

—Ayer rescaté a una princesa —dijo Juan.

Sus amigos estaban preocupados.

—Juan, es solo un juego —dijo Carlos, su mejor amigo.

—No, es real —insistió Juan.

Juan creía que los monstruos del juego eran reales. Salió a buscar enemigos en su ciudad.

—¿Dónde están los monstruos? —se preguntaba en voz alta.

Sus amigos intentaron hablar con él.

—Juan, necesitamos hablar —dijo Ana.

—No puedo ahora, estoy en una misión —respondió Juan.

Juan no los escuchaba. Se sentía solo en su misión. Se alejaba más de su familia.

—Juan, ven a cenar —dijo su papá.

—No puedo, estoy luchando contra un dragón —dijo Juan.

Pasaba más tiempo en el juego y su vida real empezaba a cambiar. Sus padres estaban preocupados.

—Tenemos que hacer algo —dijo su mamá.

Pero Juan solo pensaba en su mundo virtual. Para él, la línea entre realidad y ficción ya no existía.

- Alejarse - To move away
- Casco - Helmet
- Cenar - To have dinner
- Confundir - To confuse
- Creer - To believe
- Dragón - Dragon
- Enemigos - Enemies
- Existir - To exist
- Ficción - Fiction
- Intentar - To try
- Línea - Line
- Luchar - To fight
- Misión - Mission
- Orgullo - Pride
- Rescatar - To rescue
- Ropa - Clothes
- Tienda - Store

La Primera Gran Batalla

Un día, Juan recibió una nueva misión en el juego. Estaba muy emocionado.

—¡Tengo una nueva misión! —dijo Juan.

—¿Qué tienes que hacer? —preguntó su mamá.

—Tengo que luchar contra un dragón —respondió Juan con entusiasmo.

El dragón era muy grande y peligroso. Juan sabía que necesitaba practicar.

—Voy a practicar con mi espada —dijo Juan.

—Buena suerte, hijo —le dijo su papá.

Juan practicó todos los días. Finalmente, se sintió preparado para la batalla.

—Estoy listo —dijo Juan con confianza.

Entró en la cueva del dragón. La cueva era oscura y fría. De repente, el dragón apareció.

—¡Ahí está! —gritó Juan.

El dragón lo atacó rápidamente. Juan bloqueó el ataque con su escudo.

—¡No te tengo miedo! —dijo Juan.

Luchó valientemente contra el dragón. Usó su espada con habilidad y coraje.

—¡Toma esto! —gritó mientras atacaba.

Después de una dura batalla, Juan finalmente derrotó al dragón.

—¡He ganado! —exclamó Juan.

Recibió una gran recompensa en el juego. Estaba muy feliz.

—¡Mamá, papá, lo logré! —dijo Juan.

—Estamos muy orgullosos de ti —dijo su papá.

—Gracias, papá —respondió Juan.

Juan se sentía más fuerte y valiente. Quería más aventuras.

—Quiero más misiones —dijo Juan con una sonrisa.

Decidió seguir jugando, buscando más desafíos y emocionantes aventuras en su mundo virtual.

- Aparecer - To appear
- Atacar - To attack
- Batalla - Battle
- Bloquear - To block
- Cueva - Cave
- Desafíos - Challenges
- Derrotar - To defeat
- Emoción - Excitement
- Enfrentar - To face
- Entrar - To enter
- Espada - Sword
- Habilidad - Skill
- Lograr - To achieve
- Miedo - Fear
- Practicar - To practice
- Recompensa - Reward
- Valiente - Brave

Problemas en el Mundo Real

Juan pasa cada vez menos tiempo con su familia.

—Juan, ven a cenar —dice su mamá.

—No puedo ahora, mamá. Estoy en una misión —responde Juan.

Sus notas en la escuela bajan. Sus profesores están preocupados.

—Juan, ¿qué pasa? Tus notas están muy bajas —dice su profesora.

—Lo siento, profesora. Estaba ocupado —dice Juan.

Sus amigos no lo ven mucho.

—Juan, ¿vienes a jugar fútbol? —pregunta Carlos.

—No puedo. Tengo que jugar mi juego —responde Juan.

Juan solo piensa en el juego. Se queda despierto hasta tarde jugando.

—Es muy tarde, Juan. Debes dormir —dice su papá.

—Solo un poco más, papá —responde Juan.

Durante el día, Juan se siente muy cansado.

—Juan, ¿estás bien? —pregunta Ana.

—Sí, solo estoy un poco cansado —dice Juan.

Empieza a tener problemas de salud. No come bien.

—Juan, tienes que comer más —dice su mamá.

—No tengo hambre, mamá —responde Juan.

Sus padres hablan con él.

—Juan, estamos preocupados por ti —dice su papá.

—Estoy bien, solo quiero jugar —responde Juan.

Juan no los escucha. Él solo quiere jugar.

—Juan, esto no es bueno para ti —dice su mamá.

—Estoy bien, mamá —responde Juan.

Su vida real sufre por el juego. Sus padres buscan ayuda.

—Necesitamos hacer algo, esto no puede seguir así —dice su papá.

Pero Juan sigue en su mundo virtual, sin darse cuenta de los problemas en su vida real.

- Cansado - Tired
- Cenar - To have dinner
- Despertar - To wake up
- Dormir - To sleep
- Escuela - School
- Escuchar - To listen
- Familia - Family
- Hambre - Hunger
- Misión - Mission
- Notas - Grades
- Padres - Parents
- Preocupado - Worried
- Profesores - Teachers
- Quedarse - To stay
- Salud - Health
- Tarde - Late
- Virtual - Virtual

El Encuentro con el Mago

Juan estaba jugando cuando conoció a un mago en el juego.

—Hola, caballero —dijo el mago—. Tengo una nueva misión para ti.

—¿Qué debo hacer? —preguntó Juan.

—Tienes que encontrar un amuleto mágico —respondió el mago.

—¿Dónde está el amuleto? —preguntó Juan.

—Está en un bosque oscuro —dijo el mago.

Juan se preparó para la misión. El mago le dio un mapa.

—Este mapa te ayudará —dijo el mago.

—Gracias, mago. Seguiré el mapa —dijo Juan.

Juan siguió el mapa y encontró el bosque oscuro.

—Este lugar es muy tenebroso —dijo Juan.

En el bosque, luchó contra criaturas mágicas.

—¡Fuera de mi camino! —gritó Juan mientras luchaba.

Finalmente, encontró el amuleto.

—¡Aquí está! —exclamó Juan.

Regresó con el mago.

—Muy bien, caballero. Has encontrado el amuleto —dijo el mago.

—Gracias, mago —respondió Juan, sintiéndose poderoso.

Regresó al pueblo en el juego. La gente del pueblo lo celebró.

—¡Viva el caballero! —gritaban todos.

—Gracias, gracias a todos —dijo Juan.

Juan quería más misiones mágicas.

—Mago, ¿tienes más misiones para mí? —preguntó.

—Claro, caballero. Pronto tendrás una nueva misión —respondió el mago.

Juan estaba muy emocionado y listo para más aventuras.

- Amuleto - Amulet
- Bosque - Forest
- Caballero - Knight
- Criaturas - Creatures
- Debo - I must
- Encontrar - To find
- Luchar - To fight
- Mapa - Map
- Misión - Mission
- Poderoso - Powerful
- Preparo - Prepare
- Pronto - Soon
- Regresar - To return
- Seguir - To follow
- Tenebroso - Gloomy
- Viva - Hooray
- Volver - To come back

El Amigo Perdido

Un día, un amigo de Juan entra al juego.

—¡Hola, Juan! —dice su amigo Pedro—. Estoy aquí también.

—¡Genial, Pedro! Ahora somos dos caballeros —responde Juan.

Pedro también se convierte en caballero. Juegan juntos muchas misiones.

—Vamos a rescatar a la princesa —dice Juan.

—¡Sí, vamos! —responde Pedro.

Se divierten mucho en el juego. Pero pronto, Pedro empieza a confundirse también.

—Juan, esto parece muy real —dice Pedro.

—Sí, lo es —responde Juan.

La familia de Pedro está preocupada.

—Pedro, pasa menos tiempo en el juego —dice su mamá.

—Está bien, mamá —responde Pedro, pero no escucha.

Los dos amigos pasan todo el tiempo en el juego. Se olvidan de la vida real.

—Pedro, ¿vienes a cenar? —pregunta su papá.

—No, estoy en una misión —responde Pedro.

Sus familias intentan separarlos del juego.

—Juan, es hora de apagar el juego —dice su papá.

—No, papá, solo un poco más —responde Juan.

Los amigos se esconden para jugar.

—Vamos a mi casa, podemos jugar allí —dice Pedro.

—Buena idea —responde Juan.

Sus notas bajan más en la escuela.

—Juan, tus notas están muy bajas —dice la profesora.

—Lo siento, profesora —responde Juan.

Empiezan a tener más problemas. Un día, Pedro desaparece.

—¿Dónde está Pedro? —pregunta Juan.

Juan se preocupa mucho.

—Tengo que encontrar a Pedro —dice Juan.

Decide buscarlo en el juego.

—Pedro, ¿dónde estás? —grita Juan mientras busca.

Juan está decidido a encontrar a su amigo en el mundo virtual.

- Apagar - To turn off
- Caballero - Knight
- Confundirse - To get confused
- Convertirse - To become
- Decidido - Determined
- Desaparecer - To disappear
- Divertirse - To have fun
- Encontrar - To find
- Esconderse - To hide
- Intentar - To try
- Misión - Mission
- Olvidar - To forget
- Preocupar - To worry
- Princesa - Princess
- Rescatar - To rescue
- Separar - To separate

El Clímax de la Aventura

Juan recibe una misión final en el juego.

—Juan, esta es tu última misión —dice el mago.

—¿Qué debo hacer? —pregunta Juan.

—Tienes que derrotar al villano principal —responde el mago.

—¿Quién es el villano? —pregunta Juan.

—Es muy poderoso, se llama Darkon —dice el mago.

Juan se prepara para la batalla.

—Estoy listo, mago. Voy a derrotarlo —dice Juan.

—Te ayudaré, Juan. Toma esta poción mágica —dice el mago.

—Gracias, mago. La necesitaré —responde Juan.

Juan encuentra la guarida del villano.

—Allí está Darkon —dice Juan.

Entra en la guarida con valentía. Darkon lo espera.

—¡Bienvenido, caballero! —dice Darkon.

—Vengo a derrotarte —responde Juan.

La lucha comienza. Es una batalla muy difícil.

—¡Eres fuerte, pero no suficiente! —grita Darkon.

Juan casi pierde.

—No puedo más —piensa Juan.

Entonces, recuerda a sus amigos y familia.

—Debo ganar por ellos —dice Juan.

Encuentra fuerza en su corazón.

—¡No te rindas, Juan! —se dice a sí mismo.

Con nueva energía, ataca a Darkon.

—¡Toma esto, villano! —grita Juan.

Finalmente, derrota al villano.

—He ganado —dice Juan.

El mundo virtual está a salvo.

—¡Lo lograste, Juan! —dice el mago.

—Gracias, mago —responde Juan.

Juan se da cuenta de la importancia de la realidad.

—Tengo que volver a mi familia y amigos —piensa.

Se quita el casco y mira a su alrededor.

—La realidad es importante —dice Juan.

—¿Terminaste el juego? —pregunta su mamá.

—Sí, mamá. Y aprendí algo muy importante —responde Juan
con una sonrisa.

- Batalla - Battle
- Corazón - Heart
- Derrotar - To defeat
- Entrar - To enter
- Familia - Family
- Final - Final
- Fuerza - Strength
- Guarida - Lair
- Importancia - Importance
- Misión - Mission
- Poción - Potion
- Preparo - Prepare
- Principal - Main
- Realidad - Reality
- Rendir - To surrender

- Villano - Villain
- Valentía - Courage

Miguel y los Dragones Ecológicos

La Llamada Divina

Miguel lee sobre el cambio climático en un libro.

—¡Qué terrible! —exclama Miguel—. ¡El planeta está en peligro!

Se siente muy preocupado por el planeta. Una noche, sueña con una misión divina. En su sueño, debe salvar la Tierra.

—Miguel, tú eres el elegido para salvar el planeta —dice una voz en su sueño.

Al despertar, decide ser un cruzado ecológico.

—Voy a salvar la Tierra —dice Miguel con determinación.

Se viste con una capa verde y se pone un casco de reciclaje.

—¡Ahora soy un verdadero cruzado ecológico! —exclama.

Compra un escudo con el símbolo de la Tierra. Sus amigos lo ven y se ríen.

—¿Qué haces, Miguel? —pregunta Carlos, su amigo.

—Es mi misión divina —responde Miguel con seriedad.

Sus amigos no lo entienden.

—¿Estás loco? —dice Ana.

—No, es mi deber —responde Miguel.

Miguel empieza a hacer planes. Quiere luchar contra los "dragones modernos".

—Primero, voy a enfrentar las turbinas eólicas —piensa Miguel.

Piensa que las turbinas eólicas son dragones.

—Esos dragones son peligrosos para el planeta —dice Miguel.

Está listo para su primera aventura.

—¡Voy a salvar el mundo! —grita Miguel con entusiasmo.

Y así, comienza su misión para salvar la Tierra.

- Cambio - Change
- Capa - Cape
- Cruzado - Crusader
- Deber - Duty
- Determinación - Determination
- Divino - Divine
- Elegido - Chosen
- Enfrentar - To face
- Libro - Book
- Misión - Mission
- Peligro - Danger
- Planeta - Planet
- Preocupado - Worried
- Reciclaje - Recycling
- Salvar - To save
- Sueño - Dream
- Turbina - Turbine

La Primera Batalla

Miguel va al campo. Ve una turbina eólica a lo lejos.

—¡Allí está el dragón! —exclama Miguel.

Corre hacia la turbina. Grita: "¡Dragón, te derrotaré!"

La gente lo mira sorprendida.

—¿Qué está haciendo ese chico? —pregunta una mujer.

Intenta atacar la turbina con su escudo. Un hombre se acerca y le dice que se detenga.

—¡Oye, chico, para! —grita el hombre.

Miguel explica que es un dragón.

—¡No, no es un dragón! —responde Miguel—. ¡Es un dragón peligroso!

El hombre ríe y le explica que es una turbina.

—No es un dragón, es una turbina eólica —dice el hombre.

Miguel se siente confundido.

—¿Una turbina? —pregunta Miguel.

—Sí, genera energía limpia —explica el hombre.

Miguel se da cuenta de su error.

—Oh, lo siento. Pensé que era un dragón —dice Miguel.

Agradece al hombre por la explicación.

—Gracias por decirme la verdad —dice Miguel.

—De nada, chico. Buena suerte con tu misión —responde el hombre.

Miguel decide buscar otros dragones.

—Tengo que encontrar dragones de verdad —dice Miguel.

Va a la ciudad. Encuentra su próximo objetivo.

—¡Allí hay otro dragón! —exclama Miguel, listo para su próxima batalla.

- Acercar - To approach
- Agradecer - To thank

- Batalla - Battle
- Campo - Countryside
- Chico - Boy
- Confundido - Confused
- Detener - To stop
- Dragón - Dragon
- Energía - Energy
- Explicar - To explain
- Generar - To generate
- Lejos - Far
- Misión - Mission
- Objetivo - Objective
- Parar - To stop
- Peligroso - Dangerous
- Sorprendida - Surprised

Contra los Autos Eléctricos

Miguel ve muchos autos eléctricos en la ciudad. Piensa que son dragones modernos.

—¡Estos son los dragones que debo derrotar! —dice Miguel.

Se acerca a un auto en un estacionamiento. Grita: "¡Te derrotaré, dragón!"

La dueña del auto lo ve y se acerca.

—¿Qué estás haciendo? —pregunta la dueña.

—¡Este dragón es peligroso! —responde Miguel con su escudo en alto.

La dueña ríe y le dice que es solo un auto.

—No es un dragón, es un auto eléctrico —explica la dueña.

Miguel se siente confundido otra vez.

—¿Un auto eléctrico? —pregunta Miguel.

—Sí, es bueno para el medio ambiente —responde la dueña.

La dueña le habla sobre los autos eléctricos. Miguel escucha con interés.

—Estos autos no contaminan como los otros —explica la dueña.

Miguel entiende que los autos eléctricos no son malos.

—Gracias por la información —dice Miguel.

—De nada, y buena suerte con tu misión —responde la dueña con una sonrisa.

Miguel decide seguir con su misión.

—Tengo que encontrar dragones de verdad —dice Miguel.

Busca otro dragón en la ciudad. Sabe que su misión no ha terminado.

- Acercarse - To approach
- Alto - High
- Auto - Car
- Ciudad - City
- Confundido - Confused
- Contaminar - To pollute
- Derrotar - To defeat
- Dragón - Dragon
- Dueña - Owner
- Encontrar - To find
- Escuchar - To listen
- Estacionamiento - Parking lot
- Medio ambiente - Environment
- Misión - Mission

- Peligroso - Dangerous
- Seguir - To continue
- Terminar - To finish

Las Corporaciones Malvadas

Miguel ve un gran edificio de una corporación. Piensa que es un dragón gigante.

—¡Ese es un dragón muy grande! —dice Miguel.

Entra al edificio con su escudo. Grita: "¡Vengo a derrotarte, dragón!"

Los empleados lo miran sorprendidos.

—¿Qué está haciendo este chico? —pregunta una mujer.

Un guardia de seguridad se acerca.

—¿Qué haces aquí? —pregunta el guardia.

—¡Vengo a derrotar a este dragón malvado! —responde Miguel con valentía.

El guardia ríe y le dice que es solo una oficina.

—No es un dragón, es una oficina —explica el guardia.

Miguel se siente confundido nuevamente.

—¿Una oficina? —pregunta Miguel.

—Sí, aquí trabajamos para ayudar a la gente —responde el guardia.

El guardia le habla sobre la empresa. Miguel escucha y aprende sobre la corporación.

—Esta empresa hace cosas buenas para el medio ambiente —dice el guardia.

Miguel entiende que no todos los edificios son malos.

—Oh, gracias por decirme —responde Miguel.

Agradece al guardia por la información.

—Gracias por explicarme todo —dice Miguel.

—De nada, y buena suerte con tu misión —responde el guardia.

Miguel decide buscar otros dragones.

—Tengo que encontrar dragones verdaderos —piensa Miguel.

Sale del edificio y continúa su búsqueda en la ciudad.

* Agradecer - To thank
* Ayudar - To help
* Confundido - Confused
* Corporación - Corporation
* Derrotar - To defeat
* Dragón - Dragon
* Edificio - Building
* Empleado - Employee
* Empresa - Company
* Escudo - Shield
* Explicar - To explain
* Guardia - Guard
* Malvado - Evil
* Medio ambiente - Environment
* Oficina - Office
* Seguridad - Security
* Valentía - Courage

La Naturaleza en Peligro

Miguel va al parque. Ve mucha basura en el suelo.

—¡Qué desastre! —dice Miguel.

Piensa que la basura es un dragón.

—¡Ese dragón sucio está destruyendo el parque! —exclama.

Empieza a recoger la basura. Grita: "¡Derrotaré a este dragón sucio!"

La gente en el parque lo ve. Algunos se ríen, otros lo ayudan.

—¿Qué haces, chico? —pregunta una mujer.

—Estoy derrotando al dragón sucio —responde Miguel.

Miguel les explica su misión. La gente entiende y empieza a ayudar.

—¡Vamos a ayudar a este chico! —dice un hombre.

Juntos, limpian el parque. Miguel se siente feliz y útil.

—Gracias por ayudarme —dice Miguel.

—De nada, hacemos esto por nuestro parque —responde la mujer.

La gente agradece a Miguel.

—Gracias, Miguel, por inspirarnos —dice el hombre.

Miguel agradece a la gente.

—Gracias a todos por su ayuda —dice con una sonrisa.

Entiende que trabajar juntos es importante.

—Juntos, podemos hacer grandes cosas —piensa Miguel.

Decide buscar más dragones sucios.

—Voy a buscar más dragones para limpiar el mundo —dice Miguel con determinación.

Y así, Miguel sigue con su misión para salvar la Tierra, un paso a la vez.

- Agradecer - To thank
- Basura - Trash
- Chico - Boy
- Decidir - To decide
- Desastre - Disaster
- Destruir - To destroy
- Dragón - Dragon
- Entender - To understand
- Inspirar - To inspire
- Limpio - Clean
- Misión - Mission
- Parque - Park
- Peligro - Danger
- Recoger - To pick up
- Suelto - Loose
- Útil - Useful
- Ver - To see

La Ciudad en Peligro

Miguel va al centro de la ciudad. Ve un río contaminado.

—¡Qué horrible! —dice Miguel.

Piensa que el río es un dragón venenoso.

—Ese dragón venenoso está envenenando el agua —exclama.

Empieza a limpiar el río con su escudo. La gente lo mira sorprendida.

—¿Qué está haciendo ese chico? —pregunta una mujer.

Un hombre se acerca y le pregunta qué hace.

—¿Qué estás haciendo, joven? —pregunta el hombre.

—Estoy limpiando este dragón venenoso —responde Miguel.

Miguel le explica su misión. El hombre le dice que necesita ayuda.

—Necesitarás más ayuda para limpiar el río —dice el hombre.

Miguel pide ayuda a la gente.

—¡Necesito ayuda para limpiar este río! —grita Miguel.

Muchas personas se unen a la misión.

—Vamos a ayudar a este chico —dice una mujer.

Juntos, limpian el río. Miguel se siente orgulloso.

—Gracias a todos por su ayuda —dice Miguel.

La gente agradece a Miguel.

—Gracias, Miguel, por empezar esta misión —dice el hombre.

Miguel agradece a la gente.

—Gracias a todos, juntos podemos hacer más —responde Miguel.

Decide buscar más dragones venenosos.

—Voy a buscar más dragones para limpiar el mundo —dice Miguel con determinación.

Y así, Miguel sigue con su misión, sintiéndose más fuerte con la ayuda de la gente.

- Acercarse - To approach
- Centro - Center
- Ciudad - City
- Contaminado - Contaminated
- Dragón - Dragon
- Envenenar - To poison
- Exclamar - To exclaim
- Horrible - Horrible
- Joven - Young person
- Limpiar - To clean
- Misión - Mission
- Necesitar - To need
- Orgulloso - Proud
- Pedir - To ask for
- Unir - To join
- Veneno - Poison
- Venenoso - Poisonous

El Clímax de la Aventura

Miguel escucha sobre una fábrica contaminante.

—¡Esa fábrica es el dragón más peligroso! —dice Miguel.

Va a la fábrica con su escudo. Grita: "¡Dragón, vengo a derrotarte!"

Los trabajadores lo ven sorprendidos.

—¿Quién es este chico? —pregunta uno de los trabajadores.

Un hombre se acerca y le pregunta qué hace.

—¿Qué estás haciendo aquí? —pregunta el hombre.

—Estoy aquí para derrotar a este dragón contaminante —responde Miguel.

Miguel le explica su misión. El hombre le dice que necesitan ayuda para cambiar.

—Queremos cambiar, pero necesitamos ayuda —dice el hombre.

Miguel entiende y pide ayuda a la gente.

—¡Necesitamos ayuda para cambiar esta fábrica! —grita Miguel.

Juntos, hablan con la fábrica. Los trabajadores escuchan y participan.

—Podemos cambiar nuestros métodos —dice un trabajador.

—Sí, podemos usar energía limpia —añade otro.

La fábrica decide cambiar sus métodos. Miguel se siente feliz y orgulloso.

—¡Lo logramos! —exclama Miguel.

La gente agradece a Miguel.

—Gracias, Miguel, por tu valentía —dice el hombre.

Miguel agradece a la gente.

—Gracias a todos por su ayuda —responde Miguel.

Se da cuenta de que su misión es importante.

—Juntos podemos salvar el planeta —piensa Miguel.

Y así, Miguel sigue su misión con la certeza de que puede hacer una gran diferencia con la ayuda de todos.

- Añadir - To add
- Cambiar - To change
- Certeza - Certainty
- Contaminante - Polluting
- Diferencia - Difference
- Dragón - Dragon
- Escuchar - To listen
- Exclamar - To exclaim
- Fábrica - Factory
- Lograr - To achieve
- Métodos - Methods
- Participar - To participate
- Salvar - To save
- Sorprendido - Surprised
- Trabajador - Worker
- Valentía - Courage
- Ventaja - Advantage

Juan y los Trolls de Internet

La Llamada Digital

Juan pasa mucho tiempo en las redes sociales. Ve muchos comentarios malos y negativos. Se siente triste por el ambiente en línea.

—Este lugar está lleno de odio —piensa Juan.

Una noche, sueña con una misión. En su sueño, debe limpiar las redes sociales.

—Juan, tú eres el elegido para salvar internet —dice una voz en su sueño.

Al despertar, decide ser un vengador digital.

—¡Voy a luchar contra los trolls! —exclama Juan.

Se pone una máscara de héroe. Usa un nombre falso en internet.

—Me llamaré Vengador Digital —decide Juan.

Sus amigos ven su cambio.

—¿Por qué llevas esa máscara? —pregunta Carlos.

—Tengo una misión importante —responde Juan.

Le preguntan por qué lo hace. Juan les explica su misión.

—Voy a limpiar las redes sociales de trolls y ciberacosadores —dice Juan.

Sus amigos no lo entienden.

—Juan, es solo internet —dice Ana.

—Para mí es más que eso —responde Juan.

Juan empieza a hacer planes. Quiere luchar contra los "trolls". Está listo para su primera batalla en línea.

—Hoy es el día —dice Juan, listo para su misión.

- Acostumbrar - To get used to
- Ambiente - Environment
- Ciberacoso - Cyberbullying
- Comentario - Comment
- Elegido - Chosen
- En línea - Online
- Explicar - To explain
- Héroe - Hero
- Importante - Important
- Máscara - Mask
- Negativo - Negative
- Nombre falso - Alias
- Odio - Hatred
- Redes sociales - Social media
- Salvar - To save
- Sueño - Dream
- Troll - Troll

La Primera Batalla

Juan entra en un foro en línea. Ve un comentario muy negativo.

—¡Qué comentario tan feo! —dice Juan.

Piensa que el troll es una criatura maligna. Responde al comentario con valentía.

—¡Te derrotaré, troll malvado! —grita Juan.

La gente en el foro lo ve sorprendida.

—¿Quién es este chico? —pregunta una persona.

Alguien le dice que se calme.

—Oye, tranquilo, es solo un comentario —dice un usuario.

Juan explica su misión.

—Estoy aquí para limpiar las redes sociales de trolls —dice Juan.

La gente se ríe de él.

—¡Qué gracioso! —dice otro usuario.

Juan se siente confundido.

—¿Por qué se ríen? —piensa Juan.

Se da cuenta de que necesita más estrategia.

—Debo pensar mejor mis acciones —se dice a sí mismo.

Agradece a la gente por sus opiniones.

—Gracias por sus comentarios —dice Juan.

Decide buscar más trolls.

—Voy a encontrar más trolls para derrotar —piensa Juan.

Va a otra red social. Encuentra su próximo objetivo.

—Allí hay otro troll —dice Juan, listo para la batalla.

- Acciones - Actions
- Agradecer - To thank
- Batalla - Battle
- Calmarse - To calm down
- Comentario - Comment
- Confundido - Confused
- Creatura - Creature
- Derrotar - To dcfcat
- Estrategia - Strategy

- Feo - Ugly
- Foro - Forum
- Gracioso - Funny
- Maligno - Evil
- Objetivo - Objective
- Redes sociales - Social media
- Sorprendido - Surprised
- Tranquilo - Calm

Contra los Ciberacosadores

Juan ve a una persona siendo acosada en línea. Es una chica joven.

—¡Esto es horrible! —piensa Juan.

Cree que los acosadores son criaturas malvadas. Se acerca a la conversación.

Grita: "¡Dejen en paz a esta persona!"

Los ciberacosadores se sorprenden.

—¿Quién eres tú? —pregunta uno de ellos.

Juan les explica su misión.

—Soy el Vengador Digital. Estoy aquí para proteger a todos —dice Juan.

Los ciberacosadores se ríen de él.

—¡Qué ridículo! —dice otro.

Juan se siente confundido otra vez.

—¿Por qué no me toman en serio? —piensa Juan.

La persona acosada le agradece.

—Gracias por ayudarme —dice la chica.

Juan decide ayudarla más.

—Voy a reportar a estos acosadores —dice Juan.

Empieza a reportar a los acosadores. La plataforma actúa rápido.

—Los acosadores han sido bloqueados —anuncia la plataforma.

Juan se siente feliz por ayudar.

—¡Lo logramos! —exclama Juan.

Decide seguir con su misión.

—Tengo que seguir protegiendo a la gente —piensa Juan.

Y así, Juan sigue su cruzada digital con más determinación.

- Acosar - To harass
- Agradecer - To thank
- Anunciar - To announce
- Bloquear - To block
- Ciberacoso - Cyberbullying
- Conversación - Conversation
- Criatura - Creature
- Cruzada - Crusade
- Determination - Determinación
- Lograr - To achieve
- Malvado - Evil
- Plataforma - Platform
- Proteger - To protect
- Reportar - To report
- Ridículo - Ridiculous
- Sorprender - To surprise
- Tomar en serio - To take seriously

Los Falsos Perfiles

Juan encuentra muchos perfiles falsos en las redes sociales. Piensa que son criaturas engañosas.

—¡Estos perfiles son muy peligrosos! —dice Juan.

Empieza a investigarlos. Grita: "¡Voy a desenmascararlos!"

La gente en línea lo ve.

—¿Qué está haciendo ese chico? —pregunta una mujer.

Un hombre se acerca y le pregunta.

—¿Qué haces, amigo? —pregunta el hombre.

Juan le explica su misión.

—Soy el Vengador Digital. Desenmascaro perfiles falsos —responde Juan.

El hombre le dice que es difícil.

—Es un trabajo complicado. Hay muchos perfiles falsos —dice el hombre.

Juan no se rinde.

—No importa. Voy a reportarlos todos —responde Juan con determinación.

Empieza a reportar los perfiles falsos. La plataforma elimina algunos perfiles.

—Hemos eliminado los perfiles falsos —anuncia la plataforma.

Juan se siente orgulloso.

—¡Lo logramos! —exclama Juan.

La gente lo felicita.

—Gracias, Vengador Digital. Hiciste un gran trabajo —dice una mujer.

Juan agradece a todos.

—Gracias por su apoyo. Juntos podemos limpiar internet —responde Juan.

Decide buscar más perfiles falsos.

—Hay más criaturas engañosas por descubrir —piensa Juan.

Y así, Juan sigue su cruzada digital con renovada energía.

- Acercarse - To approach
- Complicado - Complicated
- Criatura - Creature
- Desenmascarar - To unmask
- Determinado - Determined
- Difícil - Difficult
- Eliminado - Eliminated
- Engañoso - Deceitful
- Felicitar - To congratulate
- Investigación - Investigation
- Lograr - To achieve
- Orgulloso - Proud
- Peligroso - Dangerous
- Perfil - Profile
- Plataforma - Platform
- Rendir - To surrender
- Reportar - To report

La Propagación de Noticias Falsas

Juan ve muchas noticias falsas en las redes. Piensa que son criaturas de la mentira.

—¡Estas mentiras están dañando a la gente! —dice Juan.

Decide luchar contra ellas. Grita: "¡Voy a destruir estas mentiras!"

Empieza a verificar las noticias. La gente le pide pruebas.

—¿Cómo sabes que son falsas? —pregunta una mujer.

Juan les explica su misión.

—Soy el Vengador Digital. Mi misión es limpiar internet —responde Juan.

Algunos lo apoyan.

—Estamos contigo, Vengador Digital —dice un hombre.

Juan reporta las noticias falsas. Las plataformas eliminan las noticias.

—Hemos eliminado las noticias falsas —anuncian las plataformas.

Juan se siente feliz.

—¡Lo logramos! —exclama Juan.

La gente lo felicita.

—Gracias por tu esfuerzo, Vengador Digital —dice una mujer.

Juan agradece a todos.

—Gracias a ustedes por su apoyo —responde Juan.

Entiende que su misión es importante.

—Debo seguir luchando contra las mentiras —piensa Juan.

Decide seguir luchando contra las noticias falsas.

—La verdad debe prevalecer en internet —dice Juan con determinación.

Y así, Juan continúa su cruzada digital, decidido a mantener la verdad en las redes sociales.

- Apoyar - To support
- Criatura - Creature
- Cruzada - Crusade
- Dañar - To harm
- Destruir - To destroy
- Eliminar - To eliminate
- Esfuerzo - Effort
- Falso - False
- Internet - Internet
- Mentira - Lie
- Misión - Mission
- Plataforma - Platform
- Prevalecer - To prevail
- Prueba - Proof
- Propagación - Spread
- Redes sociales - Social media
- Verificar - To verify

La Seguridad en Línea

Juan ve que mucha gente no está segura en línea. Piensa que la inseguridad es una criatura maligna.

—¡Debo hacer algo para ayudar! —dice Juan.

Decide enseñar a la gente sobre la seguridad en línea. Grita: "¡Voy a proteger a todos!"

Empieza a compartir consejos. La gente lo escucha.

—No compartan sus contraseñas —dice Juan.

Un niño le pregunta cómo estar seguro.

—¿Cómo puedo protegerme en internet? —pregunta el niño.

Juan le explica con paciencia.

—Usa contraseñas fuertes y no hables con extraños —dice Juan.

El niño agradece a Juan.

—Gracias, Vengador Digital —dice el niño.

Juan se siente feliz.

—De nada, pequeño. Estoy aquí para ayudar —responde Juan.

Más gente le pide consejos.

—¿Cómo puedo evitar los virus? —pregunta una mujer.

—No descargues archivos de sitios desconocidos —responde Juan.

Juan ayuda a todos. La seguridad en línea mejora.

—Gracias a tus consejos, me siento más seguro —dice un hombre.

Juan se siente orgulloso.

—¡Estoy haciendo una diferencia! —piensa Juan.

Decide seguir protegiendo a la gente en línea.

Mi misión no ha terminado —dice Juan.

Y así, Juan continúa su cruzada digital, decidido a hacer de internet un lugar más seguro para todos.

- Archivo - File
- Compartir - To share
- Consejo - Advice
- Contraseña - Password
- Criatura - Creature
- Descargar - To download
- Diferencia - Difference
- Enseñar - To teach
- Escuchar - To listen
- Evitar - To avoid
- Inseguridad - Insecurity
- Internet - Internet
- Maligno - Evil
- Paciencia - Patience
- Proteger - To protect
- Seguro - Safe
- Virus - Virus

El Clímax de la Aventura

Juan escucha sobre un gran troll en una red social. Piensa que es el troll más peligroso.

—¡Este es el troll más maligno! —dice Juan.

Va a la red social con su máscara. Grita: "¡Troll malvado, vengo a derrotarte!"

La gente lo ve sorprendida.

—¿Quién es ese? —pregunta una mujer.

Un hombre le pregunta qué hace.

—¿Qué estás haciendo aquí? —pregunta el hombre.

Juan le explica su misión.

—Soy el Vengador Digital. Mi misión es eliminar a los trolls —responde Juan.

El hombre le dice que necesita ayuda.

—No puedes hacerlo solo. Necesitas nuestra ayuda —dice el hombre.

Juan pide ayuda a la gente.

—¡Todos, necesitamos unirnos contra este troll! —grita Juan.

Juntos, enfrentan al troll. Reportan al troll a la plataforma.

—Hemos reportado al troll —dice la gente.

La plataforma bloquea al troll.

—El troll ha sido bloqueado —anuncia la plataforma.

Juan se siente feliz y orgulloso.

—¡Lo logramos! —exclama Juan.

La gente agradece a Juan.

—Gracias, Vengador Digital. Hiciste un gran trabajo —dice una mujer.

Juan se da cuenta de que su misión es importante.

—Mi misión es importante para todos —piensa Juan.

Y así, Juan sigue su cruzada digital, sabiendo que con la ayuda de la gente, puede hacer de internet un lugar mejor.

- Agradecer - To thank
- Anunciar - To announce
- Bloquear - To block
- Cruzada - Crusade
- Eliminar - To eliminate

- Enfrentar - To face
- Lograr - To achieve
- Maligno - Evil
- Máscara - Mask
- Misión - Mission
- Orgulloso - Proud
- Pedir - To ask for
- Plataforma - Platform
- Peligroso - Dangerous
- Reportar - To report
- Sorprendido - Surprised
- Unirse - To join

Juan, el Rescatador de Celebridades

Conociendo al Rescatador de Celebridades

Juan vive en una ciudad grande y moderna. Es un hombre sencillo, siempre con una sonrisa. Le gusta ver películas y leer revistas de famosos.

—¡Las celebridades necesitan ayuda! —dice Juan mientras lee una revista.

Juan piensa que los paparazzi son peligrosos. Siempre están persiguiendo a los famosos, tomando fotos sin parar.

—¡Esto no está bien! —exclama Juan—. ¡Debo hacer algo!

Un día, decide convertirse en un héroe. Compra una capa roja para parecerse a un superhéroe. Se mira al espejo y sonríe.

—¡Ahora estoy listo! —dice con determinación.

Juan se prepara para su primera misión. Va a las calles donde siempre hay celebridades. El día está soleado y hay mucha gente.

Ve a una actriz famosa rodeada de fotógrafos. Ella parece incómoda, y Juan decide actuar.

—¡No temas, estoy aquí para rescatarte! —grita mientras corre hacia ella.

La actriz se sorprende y no entiende.

—¿Qué estás haciendo? —pregunta confundida.

Los paparazzi se ríen de Juan.

—¿Quién es este loco? —dice uno de los fotógrafos.

Juan no se da cuenta de su error. Solo quiere ayudar.

—¡Estás a salvo ahora! —dice con orgullo.

La actriz no sabe qué decir. Los paparazzi siguen tomando fotos, ahora de Juan.

—Gracias, supongo —responde la actriz, aún confundida.

Juan sonríe, pensando que ha hecho un buen trabajo.

—¡Es solo el comienzo! —se dice a sí mismo mientras se aleja.

Y así comienza la aventura de Juan, el Rescatador de Celebridades.

- Actriz - Actress
- Capa - Cape
- Celebridad - Celebrity
- Confundido - Confused
- Convertirse - To become
- Correr - To run
- Determinado - Determined
- Error - Mistake
- Famoso - Famous
- Fotógrafo - Photographer
- Loco - Crazy
- Moderno - Modern
- Orgullo - Pride
- Paparazzi - Paparazzi
- Perseguir - To chase
- Rescatar - To rescue
- Sencillo - Simple

La Primera Rescate

Juan sigue convencido de que debe ayudar a las celebridades. Una tarde, pasea por el centro de la ciudad. Hace buen tiempo, el sol brilla y la gente camina por las calles.

—¡Hoy es un buen día para rescatar a alguien! —dice Juan para sí mismo.

De repente, ve a un cantante famoso en un restaurante. El cantante está firmando autógrafos para sus fans. Juan observa la escena y piensa que el cantante está en peligro.

—¡Los paparazzi deben estar cerca! —se dice.

Sin dudarlo, se acerca al cantante y grita:

—¡Te sacaré de aquí!

El cantante se confunde y lo mira sorprendido.

—¿Quién eres tú? —pregunta el cantante.

Los fans del cantante empiezan a reír. Una niña dice:

—¡Qué gracioso!

Juan no se detiene. Agarra al cantante del brazo.

—¡Vamos, rápido! —dice Juan.

Los guardias de seguridad intervienen de inmediato.

—¿Qué estás haciendo? —grita uno de los guardias.

Juan explica rápidamente:

—¡Quiero salvar al cantante de los paparazzi!

Los guardias no entienden y piensan que Juan está loco.

—Señor, suelte al cantante —dice un guardia.

Juan, confundido, suelta al cantante. Los guardias lo escoltan fuera del restaurante. El cantante se queda perplejo, sin saber qué decir.

—¿Qué acaba de pasar? —pregunta uno de los fans.

Juan se siente frustrado pero no se rinde.

—Necesito un nuevo plan —se dice mientras camina por la calle.

Y así, con cada intento, Juan aprende un poco más sobre cómo ser un verdadero rescatador de celebridades.

- Agarra - To grab
- Autógrafo - Autograph
- Caminante - Pedestrian
- Centro - Downtown
- Confundir - To confuse
- Convencido - Convinced
- Escena - Scene
- Escoltar - To escort
- Firmar - To sign
- Frustrado - Frustrated
- Gracioso - Funny
- Intento - Attempt
- Peligro - Danger
- Perplejo - Perplexed
- Paparazzi - Paparazzi
- Rescate - Rescue
- Seguridad - Security

Un Nuevo Plan

Juan investiga más sobre las celebridades. Pasa horas en la biblioteca y en internet. Lee sobre sus rutinas y eventos.

—Debo estar mejor preparado —dice Juan mientras anota información en un cuaderno.

Un día, descubre que una actriz famosa va a una fiesta. Es una fiesta importante en un hotel elegante. Juan decide ir a la fiesta disfrazado.

—Necesito un buen disfraz —piensa Juan.

Se viste como un camarero para no ser descubierto. Lleva una camisa blanca y un pantalón negro. Entra a la fiesta sin problemas. La música es suave y hay muchas luces brillantes.

Ve a la actriz hablando con amigos. Ella lleva un vestido azul y parece feliz. Juan espera el momento perfecto para actuar. Observa desde la esquina de la sala.

De repente, un paparazzi entra a la fiesta. Lleva una cámara grande y empieza a tomar fotos. Juan se preocupa.

—¡Debo actuar ahora! —se dice.

Se lanza hacia la actriz para "rescatarla".

—¡Cuidado! ¡Te rescataré! —grita Juan.

La actriz se asusta y grita.

—¡¿Qué haces?! —exclama ella.

Los guardias lo sacan rápidamente.

—¡Fuera de aquí! —le dicen los guardias mientras lo empujan hacia la puerta.

Juan trata de explicar su misión.

—¡Estoy aquí para ayudar! ¡Hay paparazzi! —dice desesperado.

Nadie le cree y piensan que es un intruso.

—¡Eres un loco! —dice uno de los invitados.

Juan se siente avergonzado pero sigue decidido.

—No me rendiré. Encontraré la manera de ser útil —se promete a sí mismo mientras se aleja del hotel.

Y así, Juan sigue con su misión, buscando siempre la mejor manera de ayudar a las celebridades.

- Anotar - To write down
- Avergonzado - Ashamed
- Camarero - Waiter
- Cuaderno - Notebook
- Descubrir - To discover
- Desesperado - Desperate
- Disfrazado - Disguised
- Elegante - Elegant
- Evento - Event
- Investigar - To investigate
- Invitado - Guest
- Lanzarse - To throw oneself
- Loco - Crazy
- Preparado - Prepared
- Problema - Problem
- Rutina - Routine
- Suave - Soft

La Estrategia del Disfraz

Juan decide usar disfraces diferentes. Piensa que así podrá acercarse a las celebridades sin ser descubierto.

—Necesito varios disfraces —dice Juan mientras camina por la calle.

Compra varios trajes en una tienda. La tienda es pequeña pero tiene de todo. Compra un disfraz de jardinero, otro de cocinero y uno de repartidor.

Para su próxima misión, se disfraza de jardinero. Lleva un sombrero grande y guantes verdes. Va a la casa de un actor famoso. Es una casa grande con un jardín hermoso.

—Perfecto, aquí empiezo —dice Juan con una sonrisa.

Entra al jardín y empieza a "trabajar". Riega las plantas y corta el césped. El día está soleado y hace calor. El actor sale de la casa y lo ve. Se sorprende al ver a Juan.

—¿Quién eres tú? —pregunta el actor.

Juan le dice que está allí para protegerlo.

—Soy tu nuevo jardinero. Estoy aquí para protegerte de los paparazzi —responde Juan.

El actor no entiende y llama a la policía.

—¡Hay un hombre extraño en mi jardín! —dice el actor por teléfono.

Juan trata de escapar pero lo atrapan. Los policías llegan rápido y lo detienen. En la comisaría, explica su misión.

—Quiero ayudar a las celebridades. Los paparazzi son peligrosos —dice Juan.

Los policías se ríen y lo dejan ir.

—Este hombre es un caso especial —dice uno de los policías.

Juan se siente frustrado pero no se rinde.

—Necesito mejorar mis disfraces —piensa Juan mientras camina a casa.

Decide que necesita entrenamiento. Busca en internet y encuentra un curso de actuación.

—Esto me ayudará —dice Juan.

Se inscribe en el curso de actuación y empieza a asistir a las clases. Quiere ser el mejor rescatador de celebridades.

- Acercarse - To approach

- Actuación - Acting
- Atrapar - To catch
- Calor - Heat
- Césped - Lawn
- Comisaría - Police station
- Curso - Course
- Descubierto - Discovered
- Disfraz - Costume
- Entrenamiento - Training
- Frustrado - Frustrated
- Guantes - Gloves
- Jardinero - Gardener
- Proteger - To protect
- Repartidor - Delivery person
- Riega - Waters (from "regar" - to water)
- Sorprendido - Surprised

Entrenamiento de Héroe

Juan asiste a clases de actuación. La escuela está en un barrio tranquilo. El edificio es viejo pero acogedor.

—¡Hola a todos! Soy Juan —dice el primer día de clases.

Aprende a disfrazarse mejor. Los profesores son muy buenos y pacientes. Practica hablar como diferentes personajes. A veces es un detective, a veces un doctor.

Conoce a otros estudiantes que se convierten en sus amigos. Ellos también quieren ser actores.

—¿Por qué estás aquí, Juan? —pregunta María, una de las estudiantes.

Juan les cuenta sobre su misión de rescatar celebridades.

—Quiero proteger a los famosos de los paparazzi —explica.

Sus amigos piensan que está loco, pero lo apoyan.

—Es una idea rara, pero te ayudaremos —dice Carlos, otro estudiante.

Un día, escucha sobre una conferencia de prensa. Una actriz famosa va a hablar sobre su nueva película. Juan decide que es su oportunidad perfecta.

—Voy a salvar a esa actriz —dice decidido.

Se disfraza de reportero para entrar. Lleva un sombrero y una libreta. En la conferencia, ve a la actriz rodeada de periodistas. Ella lleva un vestido rojo y se ve muy elegante.

—Es ahora o nunca —piensa Juan.

Se acerca para "rescatarla".

—¡No te preocupes, estoy aquí para salvarte! —grita Juan.

Los otros reporteros se confunden.

—¿Quién es él? —pregunta uno.

La actriz no entiende qué está pasando.

—¿Salvarme de qué? —dice confundida.

Juan es expulsado de la conferencia. Los guardias lo sacan mientras él trata de explicar.

—¡Solo quería ayudar! —dice Juan.

Los guardias no lo escuchan. Sus amigos lo esperan afuera.

—No te preocupes, Juan. Encontraremos otra oportunidad —dice María.

Juan asiente y sonríe.

—Gracias, amigos. No me rendiré —responde Juan.

Y así, Juan sigue con su entrenamiento y sus misiones, siempre con la ayuda de sus nuevos amigos.

- Acercarse - To approach
- Acogedor - Cozy
- Apoyar - To support
- Asistir - To attend
- Barrio - Neighborhood
- Conferencia - Conference
- Confundido - Confused
- Convertirse - To become
- Detective - Detective
- Disfrazarse - To disguise oneself
- Elegante - Elegant
- Entrenamiento - Training
- Expulsar - To expel
- Libre - Free
- Libre - Book (in the context of "libreta")
- Oportunidad - Opportunity
- Reportero - Reporter

Misión Imposible

Juan decide que necesita un compañero para sus misiones.

—No puedo hacerlo solo. Necesito ayuda —dice Juan.

Convence a uno de sus amigos para que lo ayude. Es Carlos, el amigo de la clase de actuación.

—Carlos, ¿quieres ayudarme a rescatar celebridades? —pregunta Juan.

Carlos sonríe y responde:

—¡Claro, Juan! Será divertido.

Juntos planean su próxima misión. Un famoso futbolista va a un partido importante. El estadio es grande y siempre está lleno de gente.

—Nos disfrazaremos de fanáticos —sugiere Juan.

—Buena idea —dice Carlos.

Juan y su amigo se disfrazan de fanáticos. Llevan camisetas del equipo, bufandas y gorras. Entran al estadio y buscan al futbolista. Hace buen tiempo y hay mucha emoción en el aire.

Ven al futbolista rodeado de aficionados. Está firmando autógrafos y sonriendo. Juan corre hacia él para "rescatarlo".

—¡Te sacaré de aquí! —grita Juan.

El futbolista se asusta y corre también.

—¡¿Qué haces?! —grita el futbolista mientras corre.

La seguridad del estadio interviene rápidamente. Dos guardias atrapan a Juan y Carlos.

—¡Paren! —gritan los guardias.

Juan y su amigo son detenidos. Explican su misión, pero nadie les cree.

—Queremos proteger al futbolista —dice Juan.

Los guardias se ríen.

—Eso no tiene sentido. Fuera de aquí —dice un guardia.

Son escoltados fuera del estadio. Juan se siente desanimado, pero decidido.

—Necesitamos un mejor plan —dice Juan.

Carlos asiente.

—Sí, pero no te preocupes, Juan. Encontraremos una manera.

Juan piensa que necesita una gran idea para su próximo plan. Mientras caminan de regreso a casa, siguen hablando y planeando.

—Lo lograremos, Carlos. Lo sé —dice Juan con una sonrisa.

Y así, Juan y Carlos siguen buscando nuevas formas de ayudar a las celebridades, sin rendirse nunca.

- Aficionado - Fan
- Atrapar - To catch
- Bufanda - Scarf
- Camiseta - T-shirt
- Convencer - To convince
- Desanimado - Discouraged
- Disfraz - Costume
- Emoción - Excitement
- Escoltar - To escort
- Firmar - To sign
- Futbolista - Soccer player
- Intervenir - To intervene
- Partido - Game (sports)
- Planear - To plan
- Próxima - Next
- Rescatar - To rescue
- Sentido - Sense

El Gran Rescate

Juan escucha que una cantante famosa dará un concierto. Es un evento grande en un estadio. Hace buen tiempo, el cielo está despejado y hay mucha gente en las calles.

—Esta será mi misión más grande —dice Juan emocionado.

Decide que necesita un buen disfraz. Se disfraza de miembro del equipo de seguridad. Lleva una camisa negra y un pantalón del mismo color. También tiene un auricular en el oído.

—Listo para la acción —dice Juan, mirando al espejo.

Entra al concierto sin problemas. La música es fuerte y las luces brillan en el escenario. Ve a la cantante en el escenario. Ella lleva un vestido brillante y canta con energía.

Juan espera el momento perfecto para actuar. De repente, un grupo de fans empieza a correr hacia el escenario. Los fans gritan y saltan.

—¡La cantante está en peligro! —piensa Juan.

Corre hacia el escenario para "rescatarla". Sube al escenario rápidamente.

—¡Estoy aquí para salvarte! —grita Juan.

La cantante se sorprende y sigue cantando. Los guardias de seguridad intervienen rápidamente. Dos guardias agarran a Juan.

—¿Qué estás haciendo? —grita un guardia.

—¡Estoy aquí para salvarla! —responde Juan.

Los guardias lo agarran y lo sacan del escenario. Los fans y la cantante están confundidos. La música para por un momento.

—¿Qué fue eso? —pregunta un fan.

Juan se da cuenta de su error, pero se siente orgulloso de su misión.

—Solo quería ayudar —dice mientras los guardias lo llevan fuera del estadio.

Los fans siguen hablando sobre el extraño incidente, y la cantante también está sorprendida. Pero Juan, aunque avergonzado, se siente feliz.

—Hice lo mejor que pude —se dice a sí mismo.

Y así, Juan continúa con su misión, siempre buscando la manera de ayudar a las celebridades.

- Agarrar - To grab
- Avergonzado - Ashamed
- Auricular - Earpiece
- Cantar - To sing
- Concierto - Concert
- Confundido - Confused
- Despejado - Clear (sky)
- Disfrazarse - To disguise oneself
- Emocionado - Excited
- Escenario - Stage
- Intervenir - To intervene
- Miembro - Member
- Parar - To stop
- Rescate - Rescue
- Saltar - To jump
- Seguridad - Security
- Sorpresa - Surprise

Pedro y las Locas Conspiraciones

Conociendo al Héroe Conspiranoico

El héroe se llama Pedro. Pedro vive en una ciudad mediana. Es un hombre curioso y siempre está buscando respuestas. Le gusta leer sobre teorías conspirativas. Cree que hay secretos ocultos en el mundo.

Un día, decide salvar al mundo. —¡Debo hacer algo! —exclama Pedro.

Compra una lupa y un cuaderno. La lupa es grande y el cuaderno tiene una tapa roja. Pedro se prepara para su primera misión. Va al parque para investigar. El día está soleado y hay muchas personas caminando.

Ve a un hombre misterioso con un maletín. El hombre lleva un traje negro y gafas oscuras. Pedro piensa que es un espía. —¡Es mi oportunidad! —dice Pedro.

Se acerca al hombre. —Hola, ¿qué llevas en el maletín? —pregunta Pedro.

El hombre lo mira confundido. —Solo tengo libros. ¿Por qué preguntas? —responde el hombre.

Pedro se siente tonto pero sigue decidido. —Perdón, pensé que era algo importante —dice Pedro.

El hombre se va, y Pedro anota en su cuaderno. —No fue esta vez, pero seguiré buscando —dice Pedro con una sonrisa.

Así, Pedro comienza su aventura para descubrir los secretos del mundo.

- Acercarse - To approach
- Anotar - To write down

- Conspiración - Conspiracy
- Cuaderno - Notebook
- Curioso - Curious
- Descubrir - To discover
- Espía - Spy
- Gafas - Glasses
- Investigar - To investigate
- Llevar - To carry
- Lupa - Magnifying glass
- Maletín - Briefcase
- Misterioso - Mysterious
- Oculto - Hidden
- Perdón - Sorry
- Respuestas - Answers
- Traje - Suit

La Teoría del Agua

Pedro lee sobre una teoría del agua contaminada. En un artículo, dice que el agua de la ciudad tiene químicos peligrosos. Pedro se preocupa mucho. —¡Debo investigar! —dice Pedro.

Decide investigar la planta de agua. Compra una botella vacía para tomar muestras. La botella es pequeña y transparente. Va a la planta de agua. El día está nublado y hace un poco de frío.

Finge ser un inspector. Lleva una chaqueta azul y un sombrero. Un trabajador lo detiene en la entrada. —¿Quién eres y qué haces aquí? —pregunta el trabajador.

Pedro responde con seriedad: —Estoy salvando a la ciudad. Debo revisar el agua.

El trabajador lo mira con desconfianza y llama a su jefe. El jefe llega rápido. Es un hombre alto y lleva un uniforme verde. —¿Qué pasa aquí? —pregunta el jefe.

Pedro explica su teoría. —Creo que el agua está contaminada con químicos peligrosos. Debo tomar muestras —dice Pedro.

El jefe lo escucha y luego se ríe un poco. —Vamos, te mostraré los resultados de nuestras pruebas —dice el jefe.

El jefe lleva a Pedro a una sala con muchos papeles y gráficos. Le muestra los resultados de las pruebas. —Mira, el agua está limpia y segura —dice el jefe.

Pedro se siente frustrado pero no se rinde. —Gracias por mostrarme. Seguiré investigando —dice Pedro.

Sale de la planta de agua pensando en su próxima misión. Camina por la calle con su botella vacía y su cuaderno. —Esto no termina aquí. Encontraré la verdad —dice Pedro con determinación.

Y así, Pedro sigue con su misión de salvar al mundo, siempre buscando nuevas teorías para investigar.

- Chaqueta - Jacket
- Contaminado - Contaminated
- Desconfianza - Distrust
- Determinado - Determined
- Entrada - Entrance
- Fingir - To pretend
- Frustrado - Frustrated
- Gráfico - Graph
- Inspector - Inspector
- Investigar - To investigate
- Jefe - Boss
- Muestra - Sample
- Nublado - Cloudy
- Peligroso - Dangerous

- Planta - Plant (facility)
- Pruebas - Tests
- Resultado - Result

El Misterio del Supermercado

Pedro escucha una teoría sobre un supermercado. Un amigo le dice que el supermercado oculta un laboratorio secreto. Pedro se emociona. —¡Debo investigar eso! —dice Pedro.

Decide investigar el lugar. Compra una chaqueta para parecer detective. La chaqueta es negra y tiene muchos bolsillos. Entra al supermercado y observa. El lugar es grande, con muchos pasillos y luces brillantes.

Ve a un empleado moviendo cajas. El empleado es joven y lleva un uniforme verde. Pedro piensa que las cajas tienen químicos peligrosos. —Debo seguirlo —murmura Pedro.

Sigue al empleado en secreto. El empleado entra a una puerta que dice "Solo personal autorizado". Pedro lo sigue, tratando de no hacer ruido.

De repente, el empleado lo descubre. —¿Qué haces aquí? —pregunta el empleado, sorprendido.

Pedro le pregunta sobre las cajas. —¿Qué hay en esas cajas? —dice Pedro.

El empleado le muestra que son solo productos. —Mira, son solo latas de sopa y bolsas de arroz —explica el empleado.

Pedro no está convencido. —¿Y en la bodega? ¿Puedo ver? —insiste Pedro.

El empleado, confundido, accede y lleva a Pedro a la bodega. La bodega está llena de alimentos y bebidas. Hay cajas de cereales, botellas de agua y paquetes de galletas.

Pedro se siente tonto pero sigue investigando. —Bueno, parece que todo está en orden aquí —dice Pedro, aunque no está completamente convencido.

Sale del supermercado y anota en su cuaderno. —Tal vez necesito buscar en otro lugar —se dice a sí mismo.

Y así, Pedro continúa con su misión de descubrir secretos ocultos, siempre buscando nuevas teorías para investigar y resolver.

- Acceder - To agree
- Alimentos - Food items
- Autorizado - Authorized
- Bodega - Warehouse
- Bolsillo - Pocket
- Cajas - Boxes
- Convencido - Convinced
- Descubrir - To discover
- Empleado - Employee
- Laboratorio - Laboratory
- Latir - To murmur
- Lugar - Place
- Murmullo - To murmur
- Pasillo - Aisle
- Personal - Staff
- Productos - Products
- Supermercado - Supermarket

La Teoría del Gobierno

Pedro lee sobre una teoría del gobierno. En un blog, dicen que el gobierno está espiando a los ciudadanos. Pedro se preocupa. —¡Debo investigar esto! —dice Pedro.

Decide investigar la oficina del gobierno local. Se disfraza de técnico de computadoras. Lleva una camiseta azul y un cinturón con herramientas. Entra a la oficina con su disfraz. La oficina es grande, con muchos escritorios y computadoras. Hace frío por el aire acondicionado.

Finge revisar las computadoras. Mira debajo de los escritorios y en los rincones. Un empleado lo cuestiona. —¿Quién eres y qué haces aquí? —pregunta el empleado.

Pedro responde con seriedad: —Estoy buscando dispositivos de espionaje. Es por la seguridad de todos.

El empleado lo mira con desconfianza y llama al jefe de seguridad. El jefe de seguridad llega rápido. Es un hombre serio, con uniforme negro. —¿Qué pasa aquí? —pregunta el jefe de seguridad.

Pedro explica su teoría. —Creo que hay dispositivos de espionaje en estas computadoras. Debo revisar todo —dice Pedro.

El jefe de seguridad revisa su identificación. —Déjame ver tu identificación —dice el jefe.

Pedro le muestra una tarjeta falsa. El jefe de seguridad la examina y descubre que es falsa. —Esta identificación no es real. ¿Quién eres en verdad? —pregunta el jefe de seguridad.

Pedro se siente nervioso pero trata de mantener la calma. —Solo quiero proteger a la gente —dice Pedro.

El jefe de seguridad no está convencido y lo escolta fuera de la oficina. —No puedes estar aquí. Fuera —ordena el jefe.

Pedro se siente frustrado pero sigue decidido. —No me rendiré. Encontraré la verdad —dice Pedro mientras se aleja de la oficina.

Y así, Pedro continúa con su misión de descubrir secretos ocultos, siempre buscando nuevas teorías para investigar y resolver.

- Aire acondicionado - Air conditioning
- Calma - Calm
- Camiseta - T-shirt
- Ciudadano - Citizen
- Computadora - Computer
- Cuestionar - To question
- Descubrir - To discover
- Desconfianza - Distrust
- Disfraz - Disguise
- Dispositivo - Device
- Empleado - Employee
- Esconder - To hide
- Escritorio - Desk
- Espionaje - Espionage
- Gobierno - Government
- Herramienta - Tool
- Identificación - Identification

La Teoría de los Extraterrestres

Pedro escucha una teoría sobre extraterrestres. Un amigo le cuenta que hay un ovni en un bosque cercano. Pedro se emociona. —¡Debo investigar eso! —dice Pedro.

Cree que la teoría es cierta y decide investigar el bosque. Lleva una linterna y una cámara. La linterna es grande y la cámara es vieja, pero funcional. —Esta noche, descubriré la verdad —dice Pedro mientras se prepara.

Entra al bosque de noche. El bosque es oscuro y hace frío. Los árboles son altos y las ramas crujen con el viento.

Ve luces extrañas en el cielo. Las luces son brillantes y se mueven rápido. Pedro piensa que son extraterrestres. —¡Ahí están! —grita Pedro emocionado.

Corre hacia las luces. Corre por el bosque, esquivando ramas y saltando sobre raíces. —¡Voy a descubrir el ovni! —dice mientras corre.

Pero cuando llega, descubre que son solo aviones. Los aviones vuelan alto y las luces parpadean. —Oh, no... —murmura Pedro, decepcionado.

Se siente frustrado, pero sigue buscando. No quiere rendirse tan fácilmente.

Encuentra un grupo de campistas. Los campistas están sentados alrededor de una fogata, riendo y hablando. —Hola, ¿han visto extraterrestres por aquí? —pregunta Pedro.

Los campistas se ríen. —No, amigo. Solo estamos aquí para acampar —responde uno de los campistas.

Pedro se siente avergonzado, pero no se rinde. —Gracias, seguiré buscando —dice Pedro.

Se aleja del grupo y anota en su cuaderno. —Necesito investigar más teorías. No puedo rendirme ahora —se dice a sí mismo.

Y así, Pedro continúa su misión, siempre buscando nuevas teorías para investigar y descubrir la verdad.

- Acampar - To camp
- Avergonzado - Embarrassed
- Avión - Airplane
- Bosque - Forest
- Campista - Camper
- Crujir - To creak

- Descubrir - To discover
- Esquivar - To dodge
- Extraterrestre - Alien
- Fogata - Campfire
- Funcional - Functional
- Investigar - To investigate
- Linterna - Flashlight
- Murmullo - To murmur
- Ovni - UFO
- Parpadear - To blink
- Raíz - Root

La Teoría del Banco

Pedro lee sobre una teoría de un banco. En un foro en internet, dicen que el banco oculta dinero ilegal. Pedro se pone curioso. —¡Debo investigar esto! —dice Pedro.

Cree que la teoría es cierta y decide investigar el banco. Se disfraza de cliente. Lleva una camisa blanca y unos pantalones negros. Entra al banco y observa. El banco es grande, con pisos de mármol y muchas ventanillas.

Ve a un empleado contando dinero. El empleado es un hombre mayor, con gafas y un uniforme gris. Pedro piensa que el dinero es ilegal. —Esto es sospechoso —murmura Pedro.

Se acerca al empleado. —Hola, ¿qué haces con todo ese dinero? —pregunta Pedro.

El empleado lo mira confundido. —Estoy contando dinero para los clientes —responde el empleado.

Pedro le pregunta sobre el dinero. —¿Estás seguro de que es dinero normal? —insiste Pedro.

El empleado le muestra que es dinero normal. —Sí, es dinero normal del banco —dice el empleado, mostrando los billetes.

Pedro no está convencido. —No parece todo correcto... —dice Pedro, dudando.

Decide buscar en la bóveda. Camina hacia la puerta de la bóveda, que es grande y de metal. —No puedes entrar ahí —dice otro empleado, viéndolo.

Pedro insiste. —Solo quiero ver algo —dice Pedro.

Encuentra solo billetes y monedas. —Todo es dinero normal —piensa Pedro, sintiéndose tonto.

Pedro se siente tonto pero sigue investigando. Sale del banco y anota en su cuaderno. —Tal vez esta teoría no era correcta, pero no me rendiré —dice Pedro.

Y así, Pedro continúa su misión de descubrir secretos ocultos, siempre buscando nuevas teorías para investigar y resolver.

- Acercarse - To approach
- Billete - Bill (currency)
- Bóveda - Vault
- Cliente - Customer
- Contar - To count
- Curioso - Curious
- Descubrir - To discover
- Disfrazarse - To disguise oneself
- Dudar - To doubt
- Empleado - Employee
- Foro - Forum
- Ilegal - Illegal
- Investigar - To investigate
- Mármol - Marble

- Moneda - Coin
- Sospechoso - Suspicious
- Ventanilla - Teller window

El Gran Descubrimiento

Pedro escucha una teoría sobre una corporación. En un foro de internet, dicen que la corporación controla el mundo. Pedro se alarma. —¡Debo investigar esto! —dice Pedro.

Cree que la teoría es cierta y decide investigar la sede de la corporación. Se disfraza de empleado. Lleva una camisa azul y una corbata. Entra a la sede sin problemas. La sede es un edificio alto, con ventanas de vidrio y un gran vestíbulo.

Ve a muchos ejecutivos trabajando. Llevan trajes elegantes y hablan por teléfono. —Seguro que tienen un plan secreto —piensa Pedro.

Encuentra una sala de reuniones. La puerta está entreabierta y escucha voces dentro. —Este proyecto cambiará todo —dice una voz. —Será nuestro mayor logro —responde otra voz.

Pedro piensa que es algo peligroso. —¡Debo actuar ahora! —se dice.

Entra en la sala de reuniones. —¡He descubierto su plan! —grita Pedro.

Los ejecutivos se sorprenden. Se quedan en silencio y miran a Pedro. —¿Quién eres tú? —pregunta uno de los ejecutivos.

Pedro responde con valentía: —¡Sé que están planeando algo grande y peligroso!

Los ejecutivos lo miran confundidos. Uno de ellos se ríe. —Estamos hablando del nuevo proyecto de caridad de la empresa —explica.

Pedro se da cuenta de su error. Se siente avergonzado pero orgulloso de su misión. —Perdón, pensé que era otra cosa... —dice Pedro.

Los ejecutivos sonríen. —No pasa nada, joven. Pero deberías informarte mejor la próxima vez —dice uno de ellos.

Pedro asiente y se retira de la sala. —Aunque me equivoqué, sigo buscando la verdad —se dice a sí mismo mientras sale del edificio.

Y así, Pedro continúa su misión de descubrir secretos ocultos, siempre buscando nuevas teorías para investigar y resolver.

- Alarma - Alarm
- Avergonzado - Embarrassed
- Caridad - Charity
- Corporación - Corporation
- Descubrir - To discover
- Disfrazarse - To disguise oneself
- Ejecutivo - Executive
- Empleado - Employee
- Entreabierta - Ajar
- Informarse - To inform oneself
- Logro - Achievement
- Perdón - Sorry
- Proyecto - Project
- Retirarse - To withdraw
- Sala - Room
- Sede - Headquarters
- Vestíbulo - Lobby

Mario y las Locas Leyendas Urbanas

Conociendo al Defensor de Leyendas Urbanas

El defensor de leyendas urbanas se llama Mario. Mario vive en una ciudad grande y moderna. Es un hombre curioso y siempre está buscando respuestas. Le encanta leer historias de leyendas urbanas. Cree que las leyendas son reales.

Un día, decide proteger la ciudad de peligros ocultos. —¡Debo proteger a mi ciudad! —exclama Mario.

Compra una linterna y una mochila. La linterna es grande y la mochila es negra. Mario se prepara para su primera misión. Va al parque por la noche para investigar. El cielo está despejado y hace frío.

Ve una sombra extraña detrás de un árbol. Piensa que es un monstruo. —¿Qué es eso? —susurra Mario.

Se acerca lentamente. La sombra se mueve y Mario se asusta. Descubre que es solo un gato. —¡Oh, solo eres tú! —dice Mario al gato.

Mario se siente tonto pero sigue decidido. —Debo seguir buscando —dice mientras anota su experiencia en un cuaderno.

Así, Mario comienza su aventura para proteger la ciudad de las leyendas urbanas.

- Aproximarse - To approach
- Buscar - To search
- Cuaderno - Notebook
- Curioso - Curious
- Despejado - Clear (sky)
- Experiencia - Experience
- Investigar - To investigate

- • Leyenda - Legend
- • Linterna - Flashlight
- • Mochila - Backpack
- • Moderno - Modern
- • Monstruo - Monster
- • Misión - Mission
- • Proteger - To protect
- • Responder - To respond
- • Sombra - Shadow
- • Susurrar - To whisper

El Misterio del Túnel Abandonado

Mario escucha una leyenda sobre un túnel abandonado. Un amigo le cuenta que la leyenda dice que hay fantasmas en el túnel. —Dicen que los fantasmas aparecen todas las noches —le dice su amigo.

Mario decide investigar el túnel. —Debo ver si es verdad —responde Mario.

Lleva una linterna y una cuerda. La linterna es grande y la cuerda es larga y resistente. Entra al túnel por la noche. Hace frío y está oscuro. Las paredes del túnel están húmedas y hay eco.

Escucha ruidos extraños. Son susurros y pasos lejanos. Piensa que son los fantasmas. —No puedo tener miedo ahora —dice Mario.

Se arma de valor y sigue adelante. Ve una figura en la oscuridad. La figura se mueve hacia él. —¡Ahhh! —grita Mario y corre.

Se tropieza y cae al suelo. La linterna ilumina a la figura. Descubre que es solo un vagabundo. El vagabundo lo mira con sorpresa. —¿Estás bien, amigo? —pregunta el vagabundo.

Mario se siente tonto pero sigue investigando. —Sí, estoy bien. Perdón por asustarte —responde Mario.

El vagabundo sonríe y sigue su camino. Mario anota su experiencia en su cuaderno. —No eran fantasmas, pero seguiré buscando —escribe Mario.

Y así, Mario continúa su misión de proteger la ciudad de las leyendas urbanas, decidido a encontrar la verdad detrás de cada historia.

- Abandonado - Abandoned
- Adelante - Forward
- Amigo - Friend
- Armarse - To arm oneself
- Asustar - To scare
- Cuerda - Rope
- Descubrir - To discover
- Experiencia - Experience
- Fantasma - Ghost
- Figura - Figure
- Leyenda - Legend
- Resistente - Resistant
- Ruidoso - Noisy
- Sorprender - To surprise
- Susurro - Whisper
- Tropiezo - Stumble
- Vagabundo - Homeless person

La Criatura del Lago

Mario lee sobre una criatura en el lago de la ciudad. La leyenda dice que la criatura sale de noche y asusta a las personas. —Dicen que es enorme y tiene ojos brillantes —lee Mario en el artículo.

Decide investigar el lago. —Debo ver si es verdad —dice Mario.

Lleva una cámara y una red. La cámara es vieja pero funciona bien, y la red es grande y fuerte. Llega al lago al atardecer. El agua está tranquila y el cielo se oscurece. Las estrellas empiezan a aparecer.

Escucha un chapoteo en el agua. Piensa que es la criatura. —¡Debe ser ella! —murmura Mario.

Se acerca con cuidado. El lago está silencioso, solo se escuchan los grillos y el viento suave. Ve algo moverse bajo el agua. —Ahí está —dice en voz baja.

Se prepara para capturar a la criatura. Sostiene la red con fuerza y enfoca la cámara. De repente, un pez salta del agua. —¡Oh, no! —exclama Mario.

Mario se da cuenta de su error. El pez cae de nuevo al agua y desaparece. Se siente tonto pero sigue decidido. —Debo seguir buscando. No puede ser solo un pez —dice Mario.

Anota su experiencia en su cuaderno. —No era la criatura, pero no me rendiré —escribe.

Y así, Mario continúa su misión de proteger la ciudad de las leyendas urbanas, decidido a encontrar la verdad detrás de cada historia.

- Aproximarse - To approach
- Artículos - Article
- Atardecer - Dusk
- Brillante - Bright
- Capturar - To capture
- Chapoteo - Splash
- Criatura - Creature
- Enfocar - To focus

- Error - Mistake
- Grillos - Crickets
- Leyenda - Legend
- Murmurar - To murmur
- Red - Net
- Rendir - To surrender
- Silencioso - Silent
- Sostener - To hold
- Tranquilo - Calm

El Hombre Sin Rostro

Mario escucha una leyenda sobre el hombre sin rostro. Un amigo le cuenta que la leyenda dice que el hombre sin rostro aparece en los callejones oscuros. —Dicen que es muy aterrador y que nadie puede verlo directamente —dice su amigo.

Mario decide investigar los callejones de la ciudad. —Debo ver si es verdad —responde Mario.

Lleva una linterna y una grabadora. La linterna es pequeña pero muy brillante, y la grabadora es para capturar cualquier sonido extraño. Camina por los callejones por la noche. Hace frío y hay poca luz.

Ve una sombra en la pared. La sombra es alta y sin forma clara. Piensa que es el hombre sin rostro. —Ahí está —susurra Mario.

Se acerca con cuidado. La sombra se mueve y Mario se asusta. —¡Ahhh! —grita Mario.

Descubre que es solo un poste de luz roto. La luz parpadea y hace que la sombra se mueva. —Solo es un poste de luz... —dice Mario aliviado.

Mario se siente tonto pero sigue investigando. —No me rendiré tan fácilmente —dice mientras camina.

Escucha un ruido detrás de él. Es un sonido suave y misterioso. Se da vuelta rápidamente. —¿Quién está ahí? —pregunta Mario.

Ve un gato negro. El gato lo mira y luego se aleja corriendo. —Oh, solo es un gato —murmura Mario.

Anota su experiencia en su cuaderno. —No encontré al hombre sin rostro, pero seguiré buscando —escribe Mario.

Y así, Mario continúa su misión de proteger la ciudad de las leyendas urbanas, decidido a encontrar la verdad detrás de cada historia.

- Aterrador - Terrifying
- Callejón - Alley
- Capturar - To capture
- Forma - Shape
- Grabadora - Recorder
- Investigar - To investigate
- Leyenda - Legend
- Linterna - Flashlight
- Misterioso - Mysterious
- Murmullo - To murmur
- Oscuro - Dark
- Parpadear - To flicker
- Poco - Little
- Poste - Pole
- Rendirse - To give up
- Sombra - Shadow
- Suave - Soft

La Casa Embrujada

Mario escucha una leyenda sobre una casa embrujada. Un amigo le cuenta que la leyenda dice que la casa está llena de espíritus. —Dicen que se escuchan pasos y voces extrañas —le dice su amigo.

Mario decide investigar la casa. —Debo ver si es verdad —responde Mario.

Lleva una cámara y una vela. La cámara es pequeña pero buena, y la vela es para iluminar en caso de que no haya luz. Entra a la casa al anochecer. Hace frío y huele a humedad. Las ventanas están rotas y las paredes están sucias.

Escucha pasos en el piso superior. Son pasos lentos y pesados. Piensa que son los espíritus. —Debo averiguar qué es —murmura Mario.

Sube las escaleras con cuidado. La madera cruje bajo sus pies. Ve una sombra moverse en el pasillo. —Ahí está —susurra Mario.

Se arma de valor y sigue adelante. La sombra se acerca a él. —¿Quién está ahí? —pregunta Mario, nervioso.

Descubre que es solo un murciélago. El murciélago vuela rápidamente hacia una ventana. —Solo era un murciélago... —dice Mario, aliviado.

Mario se siente tonto pero sigue decidido. —No puedo rendirme ahora —dice Mario.

Anota su experiencia en su cuaderno. —No encontré espíritus, pero seguiré buscando —escribe.

Y así, Mario continúa su misión de proteger la ciudad de las leyendas urbanas, decidido a encontrar la verdad detrás de cada historia.

- Anochecer - Dusk

- Averiguar - To find out
- Cámara - Camera
- Crujir - To creak
- Embrujada - Haunted
- Espíritu - Spirit
- Humedad - Humidity
- Iluminar - To illuminate
- Leyenda - Legend
- Murciélago - Bat
- Murmurar - To murmur
- Pasillo - Hallway
- Pesado - Heavy
- Sombra - Shadow
- Sucio - Dirty
- Ventana - Window
- Voz - Voice

El Perro Fantasma

Mario escucha una leyenda sobre un perro fantasma. Un vecino le cuenta que la leyenda dice que aparece en el parque de la ciudad. —Dicen que su ladrido es muy escalofriante y solo sale de noche —le dice el vecino.

Mario decide investigar el parque. —Debo ver si es verdad —responde Mario.

Lleva una linterna y un silbato. La linterna es pequeña pero muy brillante, y el silbato es para llamar la atención si algo sale mal. Llega al parque al anochecer. El parque está tranquilo y oscuro. Las farolas apenas iluminan los caminos.

Escucha un ladrido a lo lejos. Es un ladrido profundo y solitario. Piensa que es el perro fantasma. —Debe ser él —murmura Mario.

Se acerca con cuidado. Los árboles proyectan sombras largas y el viento sopla suavemente. Ve algo moverse entre los árboles. —Ahí está —susurra Mario.

Se prepara para enfrentarse al perro. Sostiene la linterna con fuerza y se acerca más. De repente, un perro normal sale corriendo. Es un perro grande y amistoso. —¡Oh, no! —exclama Mario.

Mario se da cuenta de su error. El perro se acerca y le lame la mano. —Solo eres un perro normal —dice Mario, riendo.

Se siente tonto pero sigue decidido. —No me rendiré tan fácilmente —dice Mario.

Anota su experiencia en su cuaderno. —No encontré al perro fantasma, pero seguiré buscando —escribe.

Y así, Mario continúa su misión de proteger la ciudad de las leyendas urbanas, decidido a encontrar la verdad detrás de cada historia.

- Apenas - Barely
- Aproximarse - To approach
- Brillante - Bright
- Cuaderno - Notebook
- Enfrentarse - To face
- Escalofriante - Chilling
- Farola - Streetlight
- Investigar - To investigate
- Ladrido - Bark
- Lamido - Lick
- Linterna - Flashlight
- Murmurar - To murmur
- Parque - Park
- Proyectar - To cast (shadow)

- Rendirse - To give up
- Silbato - Whistle
- Solitario - Lonely

El Gran Enfrentamiento

Mario escucha una leyenda sobre un monstruo gigante. Un amigo le cuenta que la leyenda dice que el monstruo aparece en las afueras de la ciudad. —Dicen que es enorme y muy peligroso —dice su amigo.

Mario decide que esta será su misión más grande. —Debo ver si es verdad y proteger a la ciudad —responde Mario.

Lleva una linterna y una red grande. La linterna es brillante y la red es resistente. Llega al lugar al anochecer. El cielo está nublado y hace frío. Las luces de la ciudad se ven a lo lejos.

Ve una sombra enorme. La sombra se mueve lentamente. Piensa que es el monstruo. —¡Ahí está! —exclama Mario.

Corre hacia la sombra con la red. Su corazón late rápido. —¡Te atraparé! —grita Mario.

La sombra se mueve rápidamente. Mario corre más rápido, pero la sombra se detiene de repente. Descubre que es solo una máquina de construcción. Es una excavadora grande. —¿Qué haces aquí? —pregunta un trabajador, confundido.

Mario se siente tonto pero orgulloso de su misión. —Pensé que era un monstruo, pero solo es una máquina —responde Mario.

Los trabajadores lo miran confundidos y luego sonríen. —Eres valiente, amigo —dice uno de los trabajadores.

Mario anota su experiencia en su cuaderno. —No era un monstruo, pero seguí mi misión —escribe Mario.

Se va con una sonrisa, contento de haber intentado proteger a su ciudad. —Seguiré buscando y protegiendo, no importa qué —dice Mario con determinación.

Y así, Mario continúa su misión de proteger la ciudad de las leyendas urbanas, decidido a encontrar la verdad detrás de cada historia.

- Anochecer - Dusk
- Aparecer - To appear
- Atrapar - To catch
- Confundido - Confused
- Determinado - Determined
- Enfrentamiento - Confrontation
- Enorme - Enormous
- Excavadora - Excavator
- Latir - To beat (heart)
- Leyenda - Legend
- Máquina - Machine
- Misión - Mission
- Monstruo - Monster
- Nublado - Cloudy
- Resistente - Strong
- Sombra - Shadow
- Trabajador - Worker

Jorge y las Locuras Contra la IA

Conociendo al Salvador de la IA

El salvador de la IA se llama Jorge. Jorge vive en una ciudad moderna y tecnológica. Es un hombre curioso y siempre está leyendo sobre nuevos avances. Le gusta leer sobre inteligencia artificial. Cree que la IA va a controlar el mundo.

Un día, decide sabotear los dispositivos inteligentes. —¡Debo proteger a la humanidad! —exclama Jorge.

Compra herramientas y guantes. Las herramientas son pequeñas y los guantes son negros. Jorge se prepara para su primera misión. Va a una tienda de electrónica. El día está soleado y hay muchas personas en la calle.

Ve un asistente virtual en exhibición. Es un dispositivo blanco y redondo. Piensa que es peligroso. —Ese asistente puede espiarnos —piensa Jorge.

Se acerca al dispositivo. Mira alrededor para asegurarse de que nadie lo ve. Apaga el asistente virtual. De repente, la alarma de la tienda suena. —¡Oh no! —murmura Jorge.

Jorge se siente nervioso pero sigue decidido. Corre hacia la salida. Sale de la tienda rápidamente, mezclándose con la multitud. —Esto es solo el comienzo —se dice Jorge, mientras se aleja de la tienda.

Y así, Jorge comienza su aventura para salvar al mundo de la inteligencia artificial.

- Acercarse - To approach
- Asegurarse - To make sure
- Avances - Advances
- Dispositivo - Device

- Exhibición - Display
- Herramientas - Tools
- Humanidad - Humanity
- Inteligencia artificial - Artificial intelligence
- Mezclarse - To blend in
- Misión - Mission
- Multitud - Crowd
- Nervioso - Nervous
- Proteger - To protect
- Sabotear - To sabotage
- Salir - To leave
- Tecnológico - Technological
- Tienda - Store

El Teléfono Inteligente

Jorge escucha una historia sobre un teléfono inteligente. La historia dice que el teléfono espía a las personas. —Dicen que graba todas nuestras conversaciones —comenta su amigo Luis.

Decide investigar el teléfono de su amigo. —¿Puedo ver tu teléfono, Luis? —pregunta Jorge.

Luis le presta el teléfono. —Claro, pero ten cuidado —responde Luis.

Jorge lleva el teléfono a su casa. Su casa es pequeña pero acogedora. En la mesa del comedor, Jorge saca sus herramientas. Desmonta el teléfono con sus herramientas. Ve muchos cables y chips. —Hay demasiadas cosas aquí —dice Jorge.

Piensa que uno de los chips es un espía. Lo quita con cuidado. Vuelve a montar el teléfono. El teléfono no enciende. —¡Oh no! —exclama Jorge.

Su amigo llama y pregunta por su teléfono. —¿Qué pasa con mi teléfono, Jorge? —pregunta Luis.

Jorge se siente nervioso. —Lo estoy "arreglando" —responde Jorge, intentando sonar calmado.

Luis se enoja. —¡Mi teléfono no enciende! —grita Luis.

Jorge intenta calmarlo. —Lo arreglaré, te lo prometo. Solo necesito más tiempo —dice Jorge.

Luis suspira, pero acepta. —Está bien, pero espero que lo soluciones pronto —dice Luis.

Jorge sigue decidido. —No me rendiré. Encontraré la manera de arreglarlo y protegernos de la IA —se dice a sí mismo.

Y así, Jorge continúa su misión para salvar al mundo de la inteligencia artificial, a pesar de los desafíos que enfrenta.

- Acogedor - Cozy
- Arreglar - To fix
- Calmar - To calm
- Cables - Cables
- Comedor - Dining room
- Conversación - Conversation
- Decidido - Determined
- Desmontar - To disassemble
- Enojar - To get angry
- Enciende - To turn on
- Espiar - To spy
- Grabar - To record
- Herramientas - Tools
- Inteligencia artificial - Artificial intelligence
- Prometer - To promise
- Rendir - To give up
- Solucionar - To solve

La Computadora Peligrosa

Jorge lee sobre una computadora con IA. Cree que la computadora va a controlar a las personas. —Esta computadora puede manipular nuestras mentes —piensa Jorge.

Decide sabotear la computadora. Va a una biblioteca pública. La biblioteca es grande y silenciosa. Encuentra la computadora con IA. Es una computadora moderna y brillante.

Se sienta frente a la computadora. Mira alrededor para asegurarse de que nadie lo ve. Abre la tapa de la computadora. Usa sus herramientas para cortar cables. Los cables son pequeños y coloridos.

La computadora se apaga. Jorge sonríe. —¡Lo logré! —susurra Jorge.

La bibliotecaria lo ve. Es una mujer mayor con gafas. —¿Qué está haciendo? —pregunta la bibliotecaria.

Jorge se pone nervioso pero responde: —Estoy "arreglando" la computadora —dice Jorge.

La bibliotecaria no está convencida. Llama al guardia de seguridad. El guardia llega rápidamente. Es un hombre alto y fuerte. —¿Qué pasa aquí? —pregunta el guardia.

Jorge se siente nervioso pero sigue decidido. —Solo intento protegernos de la IA —responde Jorge.

El guardia lo mira con sospecha. —Tiene que irse ahora —dice el guardia.

Jorge sale de la biblioteca rápidamente. Afuera, respira hondo. —Debo ser más cuidadoso, pero no me rendiré —dice Jorge.

Y así, Jorge continúa su misión para salvar al mundo de la inteligencia artificial, siempre buscando nuevas formas de proteger a la humanidad.

- Asegurarse - To make sure
- Biblioteca - Library
- Bibliotecaria - Librarian
- Cables - Cables
- Cortar - To cut
- Cuidadoso - Careful
- Decidido - Determined
- Enfrentar - To face
- Lograr - To achieve
- Manipular - To manipulate
- Mente - Mind
- Moderno - Modern
- Proteger - To protect
- Sabotear - To sabotage
- Sospecha - Suspicion
- Susurrar - To whisper
- Tapa - Cover

La Aspiradora Robot

Jorge escucha sobre una aspiradora robot. La leyenda dice que la aspiradora espía a las personas. —Dicen que graba todo lo que hacemos en casa —piensa Jorge.

Decide investigar la casa de su vecino. —Hola, Pedro. ¿Puedo ver tu aspiradora robot? —pregunta Jorge.

Pedro, su vecino, accede. —Claro, Jorge. ¿Por qué quieres verla? —responde Pedro, curioso. —Quiero asegurarme de que esté funcionando bien —dice Jorge.

Jorge observa la aspiradora. Es redonda y pequeña, de color gris. La abre con sus herramientas. Ve cables y sensores. —Estos sensores parecen cámaras espías —murmura Jorge.

Los desconecta uno por uno. La aspiradora deja de funcionar. —
¿Qué pasó? —pregunta Pedro, preocupado.

Jorge intenta calmarlo. —La estaba "arreglando" —responde
Jorge.

Pedro se enoja. —¡Mi aspiradora no funciona ahora! —grita
Pedro.

Jorge se siente tonto pero sigue decidido. —Lo siento, Pedro.
Intentaré arreglarla de nuevo —dice Jorge.

Pedro suspira. —Está bien, Jorge. Pero ten más cuidado —
responde Pedro, un poco más calmado.

Jorge se va a su casa, pensando en su próxima misión. —No
puedo rendirme ahora. Debo seguir protegiendo a todos —dice
Jorge.

Y así, Jorge continúa su misión para salvar al mundo de la
inteligencia artificial, siempre buscando nuevas formas de proteger
a la humanidad.

- Acceder - To agree
- Asegurarse - To make sure
- Aspiradora - Vacuum cleaner
- Calmar - To calm
- Cámara - Camera
- Cables - Cables
- Curioso - Curious
- Desconectar - To disconnect
- Funcionamiento - Functioning
- Herramientas - Tools
- Humanidad - Humanity
- Leyenda - Legend
- Proteger - To protect

- Sensores - Sensors
- Suspirar - To sigh
- Tonto - Foolish
- Vecino - Neighbor

El Refrigerador Inteligente

Jorge lee sobre un refrigerador inteligente. Cree que el refrigerador va a controlar la comida de las personas. —Este refrigerador puede decidir qué comemos —piensa Jorge.

Decide sabotear el refrigerador de su casa. La cocina es luminosa y está ordenada. Desmonta la puerta del refrigerador con cuidado. Encuentra un panel de control. El panel tiene muchos cables y luces pequeñas.

Usa sus herramientas para desconectar cables. El refrigerador se apaga. La comida empieza a descongelarse.

Su mamá entra en la cocina y pregunta: —Jorge, ¿qué estás haciendo?

Jorge se siente nervioso pero responde: —Estoy "arreglando" el refrigerador.

Su mamá se enoja. —¡La comida se está descongelando! —grita su mamá.

Jorge se siente nervioso pero sigue decidido. —Lo arreglaré, mamá. Solo dame un momento —dice Jorge.

Vuelve a conectar los cables. El refrigerador vuelve a funcionar. Las luces se encienden y el motor empieza a hacer ruido. —Espero que todo esté bien ahora —dice su mamá, aún molesta.

Jorge anota su experiencia en su cuaderno. —El refrigerador volvió a funcionar. Debo ser más cuidadoso la próxima vez —escribe Jorge.

Y así, Jorge continúa su misión para salvar al mundo de la
inteligencia artificial, siempre buscando nuevas formas de proteger
a la humanidad.

- Apagar - To turn off
- Arreglar - To fix
- Cables - Cables
- Cocina - Kitchen
- Controlar - To control
- Cuaderno - Notebook
- Cuidadoso - Careful
- Desconectar - To disconnect
- Descongelar - To defrost
- Luminosa - Bright
- Motor - Motor
- Ordenada - Tidy
- Panel - Panel
- Puerta - Door
- Refrigerador - Refrigerator
- Ruido - Noise
- Sabotear - To sabotage

El Auto Autónomo

Jorge escucha sobre un auto autónomo en su barrio. Cree que el
auto va a controlar a las personas. —Ese auto puede decidir a dónde
vamos —piensa Jorge.

Decide sabotear el auto. Encuentra el auto estacionado. Es un
coche moderno y blanco. Se acerca al auto. Mira a su alrededor
para asegurarse de que nadie lo ve. Abre el capó con sus
herramientas.

Desconecta varios cables. El motor está lleno de cables de colores. El auto no enciende.

El dueño del auto llega. Es un hombre joven con una chaqueta negra. —¿Qué estás haciendo? —pregunta el dueño, sorprendido.

Jorge se siente nervioso pero responde: —Estoy "arreglando" el auto.

El dueño se enoja y llama a la policía. —¡Llamaré a la policía! —grita el dueño.

Jorge se siente nervioso pero sigue decidido. —Debo salir de aquí rápido —piensa Jorge.

Sale corriendo antes de que llegue la policía. Corre por las calles del barrio hasta llegar a su casa. —Fue muy peligroso, pero lo logré —dice Jorge, respirando con dificultad.

Anota su experiencia en su cuaderno. —El auto no funcionó después de desconectar los cables. Debo tener más cuidado la próxima vez —escribe Jorge.

Y así, Jorge continúa su misión para salvar al mundo de la inteligencia artificial, siempre buscando nuevas formas de proteger a la humanidad.

- Asegurarse - To make sure
- Barrio - Neighborhood
- Capó - Hood (car)
- Chaqueta - Jacket
- Controlar - To control
- Correr - To run
- Desconectar - To disconnect
- Dificultad - Difficulty
- Enojar - To get angry
- Estacionado - Parked

- Herramientas - Tools
- Lograr - To achieve
- Moderno - Modern
- Motor - Engine
- Policía - Police
- Sabotear - To sabotage
- Sorpresa - Surprise

El Gran Enfrentamiento

Jorge escucha sobre un laboratorio de IA en la ciudad. Cree que el laboratorio va a crear una IA peligrosa. —Ese laboratorio está creando algo muy peligroso —piensa Jorge.

Decide que esta será su misión más grande. —Debo detenerlos antes de que sea demasiado tarde —se dice a sí mismo.

Lleva sus herramientas y un plan. Su mochila está llena de destornilladores, alicates y cinta adhesiva. Llega al laboratorio al anochecer. El cielo está oscuro y hace frío. El edificio del laboratorio es grande y tiene muchas ventanas iluminadas.

Ve luces brillantes dentro del laboratorio. Piensa que están creando la IA peligrosa. —Esto debe ser serio —murmura Jorge.

Entra al laboratorio sigilosamente. Se mueve con cuidado para no hacer ruido. Encuentra una máquina enorme. La máquina tiene muchas luces y pantallas. —Esta es la IA —piensa Jorge.

Empieza a desconectar cables. Los cables son gruesos y están bien sujetos. La máquina se apaga y suena una alarma. —¡Alarma! ¡Alarma! —grita la máquina.

Los científicos lo descubren y lo detienen. Son tres personas con batas blancas. —¡Detente! ¿Qué estás haciendo? —grita uno de los científicos.

Jorge se da cuenta de su error. —Pensé que era una IA peligrosa... —dice Jorge, nervioso.

Los científicos lo miran confundidos. —Solo estamos probando un nuevo programa de seguridad, no es peligroso —explica uno de los científicos.

Jorge se siente tonto, pero se siente orgulloso de su misión. —Solo quería proteger a la humanidad —dice Jorge.

Los científicos lo escoltan fuera del laboratorio. —La próxima vez, pregunta antes de actuar —dice uno de ellos.

Jorge asiente y se va. Anota su experiencia en su cuaderno. —No era una IA peligrosa, pero seguí mi misión. Debo ser más cuidadoso —escribe Jorge.

Y así, Jorge continúa su misión para salvar al mundo de la inteligencia artificial, siempre buscando nuevas formas de proteger a la humanidad.

- Alicate - Pliers
- Anochecer - Dusk
- Bata - Lab coat
- Cinta adhesiva - Adhesive tape
- Cuidadoso - Careful
- Detener - To stop
- Destornillador - Screwdriver
- Descubrir - To discover
- Desconectar - To disconnect
- Grueso - Thick
- Humanidad - Humanity
- Laboratorio - Laboratory
- Mochila - Backpack
- Pantalla - Screen

- Sigilosamente - Stealthily
- Sujeto - Attached
- Ventana - Window

El Caballero de la Oficina

El Despertar del Caballero Corporativo

Juan trabaja en una gran empresa. Es un hombre honesto y justo. Un día, encuentra un libro antiguo en una tienda de segunda mano. El libro habla sobre los caballeros medievales. —¡Qué interesante! —dice Juan mientras hojea el libro.

Juan se inspira en las historias de caballeros valientes y decide convertirse en un caballero moderno. —Voy a ser un caballero en la oficina —se dice a sí mismo, sonriendo.

Primero, compra una armadura de juguete y una espada de plástico en una tienda de disfraces. Luego, decide cambiar su traje por la armadura. —¡Miren a Juan! —dice su compañero Carlos, riéndose—. ¿Vas a una fiesta de disfraces? —No, Carlos —responde Juan con seriedad—. Soy un caballero moderno. Voy a luchar contra la corrupción.

Sus compañeros de trabajo se ríen de él, pero Juan no se desanima. Hace un juramento de justicia y promete proteger a los débiles. —Prometo ser justo y luchar contra la corrupción en esta empresa —dice Juan en voz alta. —¡Buena suerte, caballero! —dice Ana, una compañera, riéndose también.

Así, Juan se convierte en el Caballero Corporativo. Está listo para enfrentar cualquier injusticia en el mundo de los negocios.

- Amanecer - Dawn
- Atardecer - Sunset
- Chocar - To collide
- Desafiar - To challenge
- Enredar - To tangle
- Esguincc - Sprain
- Fingir - To pretend

- Lidiar - To deal (with)
- Mareado - Dizzy
- Naufragar - To shipwreck
- Ocioso - Idle
- Peligrar - To be in danger
- Quebradizo - Brittle
- Rasguño - Scratch
- Sobornar - To bribe
- Tropezar - To stumble
- Vigilar - To watch over

La Primera Batalla

Un día, Juan escucha a dos compañeros hablar en el pasillo. —¿Sabes que el Sr. Ramírez está robando dinero de la empresa? —dice Ana, susurrando. —Sí, es terrible. ¿Quién podrá hacer algo? —responde Carlos.

Juan escucha y decide actuar. —Voy a enfrentar al Sr. Ramírez —piensa Juan—. Esto es injusto.

Juan se pone su armadura de juguete y su espada de plástico. Camina hacia la oficina del Sr. Ramírez con determinación. Los empleados lo miran sorprendidos. —¿Qué hace Juan vestido así? —pregunta Marta.

Juan entra en la oficina del jefe y lo acusa. —¡Sr. Ramírez, usted es corrupto! —dice Juan con firmeza.

El Sr. Ramírez se ríe. —¿De qué hablas, Juan? —responde, burlándose.

Juan saca su espada de plástico y la levanta. —Voy a detener su corrupción —dice Juan.

El Sr. Ramírez, asustado y enojado, llama a seguridad. —¡Seguridad, vengan rápido! —grita.

Los guardias llegan e intentan detener a Juan. —¡No pueden detener la justicia! —exclama Juan mientras lucha con su espada de plástico.

Los empleados miran la escena y comienzan a apoyar a Juan. —¡Vamos, Juan! —gritan—. ¡Tienes razón!

La policía llega rápidamente a la oficina. Arrestan a Juan, pero los empleados siguen hablando de la corrupción del Sr. Ramírez. —¡Juan es un héroe! —dice Ana—. Tenemos que hacer algo. —Sí, no podemos permitir esto en nuestra empresa —añade Carlos.

Los empleados empiezan a hablar más y más sobre la corrupción, inspirados por la valentía de Juan.

- Avergonzado - Embarrassed
- Cajón - Drawer
- Deslizar - To slide
- Empujar - To push
- Escalera - Ladder
- Espantoso - Frightening
- Grieta - Crack
- Jurar - To swear (oath)
- Mueca - Grimace
- Piedra - Stone
- Raspar - To scrape
- Recoger - To pick up
- Reir - To laugh
- Sombra - Shadow
- Susurrar - To whisper
- Tejer - To knit
- Ventanilla - Small window (often in vehicles or offices)

La Búsqueda de Aliados

Después de unos días, Juan sale de la cárcel. Está decidido a seguir su misión. —Necesito encontrar a otros que quieran luchar contra la corrupción —piensa Juan.

Un día, mientras camina por el parque, encuentra a María, una abogada. —Hola, soy Juan. Estoy luchando contra la corrupción en mi empresa —dice Juan. —Hola, Juan. Soy María. Creo en la justicia. ¿Cómo puedo ayudarte? —responde ella.

Juan le cuenta su misión y María decide unirse a él. —Me gustaría ayudarte, Juan. Vamos a luchar juntos —dice María con una sonrisa.

Poco después, encuentran a Pedro, un periodista que quiere destapar la corrupción. —Hola, soy Pedro. Quiero escribir sobre la corrupción en las empresas —dice Pedro. —Perfecto, Pedro. Nos ayudas mucho —responde Juan.

Forman un equipo y deciden investigar a otros jefes corruptos. Reúnen pruebas y hablan con empleados descontentos. —Necesitamos más información —dice María. —Voy a hablar con más empleados —responde Juan.

Después de reunir suficiente información, Pedro escribe un artículo en el periódico. —Esto destapará la corrupción —dice Pedro, emocionado.

El artículo se publica y la gente empieza a hablar de la corrupción en la empresa. —¡Miren esto! —dice un empleado—. El Caballero Corporativo tiene razón. —Tenemos que apoyar a Juan y su equipo —añade otro empleado.

Juan y su equipo siguen adelante, más motivados que nunca. —Estamos en el camino correcto —dice Juan—. No nos rendiremos.

María y Pedro asienten, listos para la próxima batalla.

- Acercarse - To approach
- Alcanzar - To reach
- Avergonzar - To embarrass
- Burlarse - To mock
- Cansancio - Tiredness
- Desafortunado - Unfortunate
- Despedir - To fire (from a job)
- Desvelar - To reveal
- Dirigir - To lead
- Enfurecer - To enrage
- Entusiasmo - Enthusiasm
- Fracasar - To fail
- Maldición - Curse
- Negar - To deny
- Pesar - Regret
- Recopilar - To collect
- Temer - To fear

La Gran Conspiración

Juan y su equipo descubren una red de corrupción en la empresa. Varias personas en puestos altos están involucradas. —Hay más jefes corruptos de lo que pensábamos —dice Pedro. —Tenemos que actuar rápido —responde María.

Deciden preparar un plan. Graban conversaciones secretas y encuentran documentos importantes. —Estas pruebas son muy fuertes —dice María, mirando los documentos. —Es hora de enfrentarnos a ellos —dice Juan, decidido.

Juan se pone su armadura de juguete. María y Pedro lo acompañan a una reunión de jefes. —¿Listos? —pregunta Juan. —Sí, vamos —responden María y Pedro.

Llegan a la reunión. Los jefes están sentados en una sala grande con ventanas grandes y una mesa de madera. —¡Señores! —dice Juan entrando—. Tenemos pruebas de su corrupción.

Los jefes se miran sorprendidos. —¿De qué hablas, Juan? — pregunta el Sr. Gómez, uno de los jefes.

Juan señala a María. Ella saca los documentos y empieza a hablar. —Tenemos grabaciones y documentos que prueban su corrupción —dice María con firmeza.

Pedro graba todo con su cámara. —Esto saldrá en las noticias — dice Pedro.

Los jefes intentan defenderse. —Esto es un malentendido —dice otro jefe. —No, no lo es —responde Juan—. La justicia prevalecerá.

La policía llega y arresta a los jefes corruptos. Los empleados de la empresa empiezan a aplaudir. —¡Bien hecho, Juan! —grita Ana, una empleada. —Gracias, pero esto es solo el comienzo —dice Juan.

María y Pedro sonríen, sabiendo que han dado un gran paso en la lucha contra la corrupción.

- Aplastar - To crush
- Aprovechar - To take advantage
- Arrepentirse - To regret
- Asustar - To frighten
- Cautela - Caution
- Chisme - Gossip
- Desmentir - To deny
- Esconder - To hide
- Espiar - To spy
- Fingir - To pretend

- Incendio - Fire (incident)
- Luchar - To fight
- Murmurar - To murmur
- Prestar - To lend
- Quejarse - To complain
- Resbalar - To slip

La Reacción de la Empresa

La empresa está en crisis. Los empleados están preocupados. —¿Qué va a pasar ahora? —pregunta Ana, una empleada. —No lo sé, Ana. La situación es difícil —responde Carlos.

Juan es visto como un héroe por muchos, pero algunos empleados no confían en él. —¿Es realmente un héroe o solo busca atención? —dice Marta, dudosa.

Los medios hablan del Caballero Corporativo. Los periódicos y la televisión cuentan su historia. —¡Miren esto! —dice Pedro, mostrando un artículo—. Juan está en todas las noticias.

La empresa contrata a un nuevo jefe. El nuevo jefe, el Sr. Martínez, promete cambios. —Voy a mejorar esta empresa. No más corrupción —dice el Sr. Martínez en una reunión.

Juan decide vigilar al nuevo jefe. Encuentra indicios de corrupción. —María, Pedro, tenemos un problema —dice Juan. —¿Qué pasa, Juan? —pregunta María. —El nuevo jefe no es tan honesto como parece —responde Juan.

Hablan con su equipo y deciden investigar más. Descubren más pruebas de corrupción. —Tenemos que actuar de nuevo —dice Pedro. —Sí, no podemos permitir esto —responde María.

Publican otro artículo en el periódico. La empresa intenta ocultar la verdad. —Esto es inaceptable —dice el Sr. Martínez—. No pueden creer en todo lo que leen.

Pero Juan y su equipo no se rinden. —Seguiremos luchando por la justicia —dice Juan, decidido. —Estamos contigo, Juan —responden María y Pedro.

Los empleados empiezan a confiar más en Juan y su equipo, sabiendo que luchan por un futuro mejor para todos.

- Aconsejar - To advise
- Adivinar - To guess
- Agradecer - To thank
- Asegurar - To assure
- Asombrar - To amaze
- Atreverse - To dare
- Ceder - To yield
- Desafiar - To challenge
- Disfrazar - To disguise
- Enmendar - To amend
- Esclarecer - To clarify
- Juzgar - To judge
- Otorgar - To grant
- Rastrear - To track
- Rechazar - To reject
- Sobresalir - To stand out
- Sospechar - To suspect

La Traición

Un día, Juan descubre que un miembro de su equipo lo ha traicionado. —Pedro, ¿cómo pudiste? —pregunta Juan, sorprendido. —Me ofrecieron mucho dinero para callar —responde Pedro, con la cabeza baja.

Juan se siente traicionado y muy triste. —Pensé que éramos amigos, Pedro —dice Juan.

María intenta consolarlo. —Juan, no podemos rendirnos ahora. Seguiremos adelante —dice María, poniendo una mano en su hombro.

Deciden seguir adelante y Juan busca nuevos aliados. En una cafetería, encuentra a Ana, una ex-empleada. —Hola, Ana. Soy Juan. Estoy luchando contra la corrupción en la empresa —dice Juan. —Hola, Juan. Tengo pruebas contra la empresa. Quiero ayudarte —responde Ana.

María y Ana se hacen amigas rápidamente. —Ana, gracias por unirte a nosotros —dice María. —Es un placer, María. Juntos podemos hacer la diferencia —responde Ana.

Descubren un plan para despedir a Juan. —Quieren deshacerse de ti, Juan —dice Ana, preocupada. —Debemos actuar rápido —responde María.

Publican todas las pruebas que tienen. La empresa entra en caos. —¡Esto es un desastre! —dice el Sr. Martínez, el nuevo jefe.

Los empleados apoyan a Juan. —Estamos contigo, Juan —dicen varios empleados.

Juan se prepara para la batalla final. —Esta es nuestra oportunidad de limpiar la empresa de corrupción —dice Juan, decidido. —Sí, estamos listos —responde María.

Ana asiente con determinación, lista para enfrentar lo que venga.

- Abandonar - To abandon
- Acusar - To accuse
- Amenazar - To threaten
- Arrepentirse - To regret
- Avergonzar - To embarrass
- Culpable - Guilty
- Despedir - To fire (from a job)

- Despreciar - To despise
- Disculpar - To forgive
- Engañar - To deceive
- Fracasar - To fail
- Murmurar - To murmur
- Ocultar - To hide
- Probar - To prove
- Reconciliar - To reconcile
- Sobornar - To bribe
- Traicionar - To betray

El Clímax del Caballero Moderno

La empresa planea despedir a Juan. Los jefes corruptos están muy molestos. —Tenemos que deshacernos de Juan —dice el Sr. Martínez.

Juan organiza una reunión con todos los empleados. —Necesitamos hablar de la verdad y la justicia —dice Juan a sus amigos.

Se pone su armadura de juguete por última vez. En la sala de reuniones, Juan empieza a hablar. —Amigos, estamos aquí para luchar contra la corrupción. La verdad siempre gana —dice Juan con voz firme.

Los empleados aplauden a Juan. —¡Bravo, Juan! —grita Ana, emocionada.

Los jefes intentan detener la reunión. —Esto no puede continuar —dice el Sr. Gómez.

María y Ana defienden a Juan. —Juan tiene razón. Debemos escuchar —dice María. —Sí, la verdad debe salir a la luz —añade Ana.

Los medios cubren la reunión. Hay cámaras y periodistas por todas partes. —Estamos en vivo desde la empresa. Veamos qué pasa —dice un reportero.

La verdad sobre la corrupción sale a la luz. Los jefes corruptos son despedidos. —Esto es inaceptable —dice el Sr. Martínez, antes de salir.

Juan es proclamado héroe. —Gracias, Juan. Eres nuestro héroe —dicen los empleados.

La empresa comienza una nueva era. —Vamos a trabajar con honestidad y justicia —dice el nuevo jefe, una persona honesta.

Juan sigue luchando por la justicia. —Mi misión no ha terminado —dice Juan, sonriendo.

Se convierte en un símbolo de integridad. Todos lo respetan y lo admiran. El Caballero Corporativo vive en los corazones de todos, recordándoles la importancia de la justicia y la verdad.

- Aplastar - To crush
- Asombrar - To amaze
- Atravesar - To cross
- Cegar - To blind
- Convencer - To convince
- Desaparecer - To disappear
- Desbordar - To overflow
- Despreciar - To despise
- Discutir - To argue
- Emitir - To broadcast
- Escabullirse - To slip away
- Fracasar - To fail
- Insistir - To insist
- Luchar - To fight

- Proclamar - To proclaim
- Rescatar - To rescue
- Vengar - To avenge

El Aprendiz del Tiempo: Aventuras y Caos

El Descubrimiento del Viajero en el Tiempo

Tomás trabaja en un pequeño laboratorio. Es un joven curioso y entusiasta. Un día, encuentra un libro antiguo en una tienda de segunda mano. El libro habla sobre el viaje en el tiempo.

—¡Mira esto, Lucas! —dice Tomás, mostrando el libro a su amigo.

—¡Es increíble, Tomás! —responde Lucas, sorprendido.

Tomás decide intentar construir una máquina del tiempo.

—Voy a construirla en mi garaje —dice Tomás, emocionado.

Trabaja día y noche en su proyecto. Lucas lo ayuda con las matemáticas.

—¿Estás seguro de que esto funcionará? —pregunta Lucas, preocupado.

—Claro que sí. Confía en mí —responde Tomás, con una sonrisa.

Compran partes en tiendas de segunda mano. Construyen la máquina en el garaje de Tomás. La máquina tiene muchas luces y botones.

—¡Es hermosa! —dice Tomás, admirando la máquina.

Tomás está emocionado por probarla. Lucas tiene miedo de los riesgos.

—¿Y si algo sale mal? —pregunta Lucas.

—Todo estará bien. No te preocupes —asegura Tomás.

Finalmente, la máquina está lista. Tomás se prepara para su primer viaje en el tiempo.

—¡Vamos a hacer historia, Lucas! —dice Tomás, subiendo a la
máquina.

Lucas lo observa con nerviosismo desde el garaje.

—Buena suerte, amigo —dice Lucas, cruzando los dedos.

Tomás presiona un botón y la máquina empieza a hacer mucho
ruido. Las luces parpadean y Tomás siente un mareo intenso. De
repente, todo se calma.

—¡Lo logré! —exclama Tomás, abriendo los ojos y viendo que
ha viajado en el tiempo.

El viaje en el tiempo de Tomás ha comenzado.

- Adquirir - To acquire
- Adivinar - To guess
- Ajustar - To adjust
- Armar - To assemble
- Atreverse - To dare
- Calmarse - To calm down
- Desvanecerse - To vanish
- Encender - To turn on
- Ensamblar - To assemble
- Esforzarse - To strive
- Estallar - To burst
- Fabricar - To manufacture
- Imaginar - To imagine
- Probar - To test
- Reparar - To repair
- Temblar - To tremble
- Viajar - To travel

El Primer Viaje

Tomás sube a la máquina del tiempo. Lucas observa nervioso desde el garaje.

—¿Estás listo, Tomás? —pregunta Lucas.

—Sí, estoy listo. ¡Vamos a hacer historia! —responde Tomás.

Tomás presiona el botón rojo. La máquina hace mucho ruido. Las luces parpadean rápidamente. Tomás siente un mareo intenso.

—¡Qué mareo! —dice Tomás, cerrando los ojos.

De repente, todo se calma. Tomás abre los ojos y está en el pasado. Está en un pueblo medieval. Las casas son de madera y el suelo es de tierra.

—¿Dónde estoy? —se pregunta Tomás, mirando alrededor.

La gente lo mira con curiosidad. Visten ropas antiguas y parecen asombrados.

—¿Quién eres tú? —pregunta un hombre con barba.

—Soy Tomás. ¿Dónde estoy? —responde Tomás, tratando de hablar con ellos.

—Estás en nuestro pueblo. ¿Eres un mago? —pregunta una mujer.

Tomás se da cuenta de que necesita comunicarse mejor. Aprende algunas palabras en latín.

—Salve, amici. Non sum magus, sum viator —dice Tomás, intentando hablar en latín.

La gente piensa que es un mago. Lo tratan con respeto y curiosidad.

—Mira su ropa, es muy extraña —susurra un niño.

Tomás explora el pueblo. Ve una iglesia, un mercado y muchas personas trabajando.

—Este lugar es increíble —dice Tomás, maravillado.

Después de un rato, decide que debe regresar al presente.

—Debo volver a casa. Mi amigo Lucas está esperándome —piensa Tomás.

Regresa a la máquina del tiempo. Presiona el botón y la máquina hace ruido de nuevo. Las luces parpadean y Tomás siente el mismo mareo.

De repente, todo se calma otra vez. Tomás abre los ojos y está de regreso en el garaje.

—¡Lucas, lo logré! —grita Tomás, emocionado.

—¡Bienvenido de nuevo, Tomás! ¿Cómo fue el viaje? —pregunta Lucas, aliviado.

—Fue increíble. ¡Viajé a un pueblo medieval! —responde Tomás, sonriendo.

Los dos amigos se abrazan, felices por el éxito de su primer viaje en el tiempo.

- Asombrado - Astonished
- Atreverse - To dare
- Barba - Beard
- Calmarse - To calm down
- Curiosidad - Curiosity
- Desconocido - Unknown
- Disfraz - Costume
- Esconder - To hide
- Extraño - Strange
- Mareo - Dizziness

- Medieval - Medieval
- Mercado - Market
- Murmurar - To murmur
- Pueblo - Village
- Regresar - To return
- Ropa - Clothing
- Viator - Traveler

Las Primeras Complicaciones

Tomás regresa al presente. Lucas lo recibe con alivio.

—¡Tomás, estás de vuelta! —dice Lucas, abrazándolo.

—Sí, Lucas. ¡Fue increíble! —responde Tomás, emocionado.

Tomás está muy contento por su éxito. Decide viajar a diferentes épocas.

—Quiero ver más lugares. ¿Qué tal el antiguo Egipto? —pregunta Tomás.

—Ten cuidado, Tomás. No sabemos qué puede pasar —responde Lucas.

Tomás sube a la máquina del tiempo y viaja al antiguo Egipto. El clima es cálido y soleado. Ve pirámides y el río Nilo.

—¡Wow, esto es impresionante! —dice Tomás, maravillado.

Conoce a un faraón. El faraón lleva una corona y una túnica de oro.

—¿Quién eres tú? —pregunta el faraón.

—Soy Tomás, un viajero en el tiempo —responde Tomás.

Tomás le da algunos consejos al faraón sobre agricultura.

—Deberías usar canales para regar los campos —dice Tomás.

El faraón lo escucha con atención. Tomás decide regresar al presente. Sube a la máquina del tiempo y presiona el botón.

De vuelta en su ciudad, Tomás nota cambios extraños.

—Lucas, algo está mal —dice Tomás.

La tecnología es diferente. Los coches vuelan y las casas son muy modernas.

—¿Qué pasó aquí? —pregunta Tomás, confundido.

La gente actúa de manera extraña. Todos parecen más serios y ocupados.

—Tomás, creo que cambiaste la historia sin querer —dice Lucas.

Tomás se da cuenta de su error. Ha cambiado la historia al dar consejos al faraón.

—Tienes razón, Lucas. Debo tener más cuidado —responde Tomás.

Lucas le dice que tenga cuidado en el futuro.

—Cada pequeño cambio puede afectar todo —advierte Lucas.

Tomás promete ser más cuidadoso en sus próximos viajes.

—Lo prometo, Lucas. Seré más responsable —dice Tomás.

Ambos amigos saben que tienen mucho que aprender sobre el viaje en el tiempo.

- Abrazar - To hug
- Advertir - To warn
- Agricultura - Agriculture
- Alivio - Relief
- Asombroso - Amazing
- Caluroso - Hot (weather)

- Cambiar - To change
- Canal - Channel
- Complicación - Complication
- Consejo - Advice
- Cuidar - To take care
- Escuchar - To listen
- Faraón - Pharaoh
- Impresionante - Impressive
- Maravillado - Amazed
- Prometer - To promise
- Responsable - Responsible

Más Aventuras y Problemas

Tomás viaja a la época de los dinosaurios. El clima es cálido y húmedo. Los árboles son enormes y el cielo está claro.

—¡Mira esos dinosaurios! —exclama Tomás, emocionado.

Observa a los enormes reptiles. Hay un T-Rex y un Triceratops cerca de un lago. Tomás toma fotos con su cámara.

—Esto es increíble. Nadie va a creerlo —dice Tomás, sonriendo.

Regresa al presente. Al llegar, descubre que ahora hay dinosaurios en su ciudad. Un T-Rex camina por la calle principal.

—¡Lucas, tenemos un gran problema! —grita Tomás.

La gente está asustada y corre en todas direcciones.

—¡Ayuda! ¡Un dinosaurio! —grita una mujer.

Tomás y Lucas intentan arreglarlo. Deciden viajar al pasado para devolver a los dinosaurios.

—Debemos llevarlos de vuelta —dice Lucas, preocupado.

Viajan al pasado y encuentran a los dinosaurios. La tarea es muy difícil. Los dinosaurios son grandes y peligrosos.

—Tomás, esto es más difícil de lo que pensamos —dice Lucas, sudando.

—Lo sé, pero tenemos que hacerlo —responde Tomás, decidido.

Finalmente, logran devolver a los dinosaurios a su época.

—¡Lo hicimos, Lucas! —exclama Tomás, aliviado.

Regresan al presente. La ciudad está normal otra vez. No hay más dinosaurios en las calles.

—Gracias a Dios, todo está en su lugar —dice Lucas, sonriendo.

Tomás aprende una lección. No es fácil arreglar el pasado.

—Debo ser más responsable con mis viajes —piensa Tomás en voz alta.

Lucas asiente y dice:

—Sí, Tomás. Cada decisión tiene consecuencias.

Ambos amigos saben que deben ser más cuidadosos en el futuro.

- Alivio - Relief
- Asustado - Scared
- Caluroso - Hot (weather)
- Cámara - Camera
- Claro - Clear
- Conseguir - To achieve
- Cuidar - To take care of
- Devolver - To return (something)
- Difícil - Difficult
- Enorme - Enormous

- Época - Era
- Lago - Lake
- Lección - Lesson
- Peligroso - Dangerous
- Reptil - Reptile
- Sudor - Sweat
- Tarea - Task

La Gran Decisión

Tomás decide investigar más sobre el tiempo. El clima es frío y lluvioso. En su pequeño laboratorio, lee muchos libros y documentos.

—Necesito entender mejor el tiempo y sus efectos —dice Tomás, concentrado.

Lucas lo ayuda con sus estudios.

—Mira este libro, Tomás. Tiene mucha información útil —dice Lucas, señalando una página.

Descubren nuevos datos importantes sobre el viaje en el tiempo.

—Si cambiamos algo en el pasado, puede afectar el presente de formas inesperadas —dice Tomás.

Deciden arreglar algunos errores históricos. Viajan a la Revolución Francesa. El cielo está nublado y las calles son de piedra.

—Es increíble estar aquí —dice Lucas, mirando alrededor.

Conocen a personajes importantes como Marie y Pierre. Ayudan a evitar una tragedia.

—Cuidado, no vayan por ese camino —advierte Tomás a un grupo de personas.

Regresan al presente. Todo parece estar bien. El sol brilla y las calles están llenas de gente feliz.

—Creo que lo logramos, Tomás —dice Lucas, sonriendo.

Pero hay más cambios inesperados. La tecnología es extraña y la historia se vuelve caótica.

—Mira esto, Tomás. Las computadoras ahora hablan —dice Lucas, sorprendido.

Tomás está preocupado.

—No quería que esto pasara. Todo está fuera de control —dice Tomás, con las manos en la cabeza.

Lucas sugiere detener los viajes.

—Tomás, tal vez debemos dejar de viajar en el tiempo —dice Lucas, seriamente.

Tomás no está seguro de qué hacer.

—No sé, Lucas. Quiero arreglar todo, pero cada viaje causa más problemas —responde Tomás, pensativo.

Ambos amigos se sientan en silencio, pensando en la mejor decisión. La responsabilidad de viajar en el tiempo es más grande de lo que imaginaban.

- Advertir - To warn
- Arreglar - To fix
- Caótico - Chaotic
- Concentrado - Focused
- Cuidado - Careful
- Decisión - Decision
- Descubrir - To discover
- Efecto - Effect

- Evitar - To avoid
- Importante - Important
- Lluvioso - Rainy
- Nublado - Cloudy
- Preocupado - Worried
- Señalar - To point out
- Sugerir - To suggest
- Tecnología - Technology
- Tragedia - Tragedy

La Gran Conspiración

Tomás descubre una conspiración en el presente. El clima es cálido y soleado, y el laboratorio está lleno de papeles y libros.

—Lucas, alguien más sabe sobre nuestra máquina del tiempo —dice Tomás, preocupado.

—¿Qué? ¿Cómo es posible? —responde Lucas, sorprendido.

Intentan robar la máquina del tiempo. Una noche, escuchan ruidos en el garaje.

—¡Alguien está aquí! —susurra Tomás.

Tomás y Lucas protegen su invento. Se esconden detrás de unas cajas y observan.

—No dejaremos que se la lleven —dice Lucas, decidido.

Investigan quién está detrás de esto. Hablan con amigos y revisan documentos.

—Hay un grupo secreto que quiere nuestra máquina —dice Tomás, mostrando una carta.

Descubren que es un grupo secreto. Quieren usar la máquina para sus propios fines.

—Quieren cambiar la historia para beneficiarse —dice Lucas, leyendo un informe.

Tomás y Lucas hacen un plan. Deciden viajar al pasado para detener al grupo.

—Vamos a detenerlos antes de que sea tarde —dice Tomás, serio.

Viajan al pasado y tienen varias aventuras. Encuentran miembros del grupo en diferentes épocas.

—¡Deténganse! No pueden cambiar la historia —grita Tomás, enfrentándose a ellos.

Logran evitar que el grupo cambie la historia. Atrapan a los líderes y los dejan en el pasado.

—No podrán hacer más daño —dice Lucas, satisfecho.

Regresan al presente. Todo parece normal otra vez.

—Lo logramos, Lucas. La historia está a salvo —dice Tomás, aliviado.

Deciden destruir la máquina para proteger el tiempo.

—Es lo mejor. Así nadie más podrá usarla mal —dice Tomás.

El grupo secreto desaparece. Sin la máquina, no tienen poder.

—Finalmente, estamos a salvo —dice Lucas, sonriendo.

Tomás y Lucas están aliviados. Saben que han hecho lo correcto para proteger la historia.

—Gracias por todo, amigo. No lo hubiera logrado sin ti —dice Tomás, abrazando a Lucas.

—Siempre estaremos juntos en esto, Tomás —responde Lucas.

Los dos amigos se sienten en paz, sabiendo que el tiempo está seguro nuevamente.

- Aliviado - Relieved
- Atrapar - To catch
- Beneficiarse - To benefit
- Caluroso - Hot (weather)
- Conspiración - Conspiracy
- Decidido - Determined
- Detener - To stop
- Enfrentarse - To confront
- Esconderse - To hide
- Fines - Purposes
- Garaje - Garage
- Invento - Invention
- Líderes - Leaders
- Proteger - To protect
- Revisar - To review
- Robar - To steal
- Sospechar - To suspect

El Clímax del Viajero Moderno

La historia está en caos. El cielo es gris y la ciudad está llena de confusión.

—Tomás, todo está desordenado. Necesitamos arreglar esto —dice Lucas, preocupado.

—Tienes razón, Lucas. Debo hacer un último viaje —responde Tomás, decidido.

Lucas se despide de él en el garaje.

—Buena suerte, amigo. Sé que puedes hacerlo —dice Lucas, abrazándolo.

Tomás se pone su traje de viaje. Es un traje especial lleno de herramientas y tecnología.

—Estoy listo para salvar el tiempo —dice Tomás, subiendo a la máquina del tiempo.

La máquina se activa. Hace ruido y las luces parpadean.

—¡Allá voy! —grita Tomás mientras la máquina lo transporta.

Tomás viaja al pasado remoto. El clima es cálido y hay muchos árboles grandes. Encuentra el origen del problema.

—Aquí está. Este es el momento que cambió todo —dice Tomás, mirando a su alrededor.

Tiene que tomar una decisión difícil. Ve a una persona haciendo algo que cambiará la historia.

—Si cambio esto, todo volverá a la normalidad —piensa Tomás.

Cambia algo pequeño para arreglar el tiempo. Mueve una piedra y la persona sigue otro camino.

—Espero que esto funcione —dice Tomás, nervioso.

Regresa al presente. Todo parece estar en orden. El cielo está claro y la gente camina tranquilamente por las calles.

—¡Lucas, lo logré! —grita Tomás, feliz.

La gente no recuerda los cambios. Viven sus vidas normalmente.

—Es como si nada hubiera pasado —dice Lucas, sonriendo.

Tomás y Lucas celebran su éxito.

—Lo hicimos, Tomás. Salvamos la historia —dice Lucas, levantando un vaso.

Tomás se convierte en un héroe del tiempo. Todos lo respetan y admiran.

—Eres un verdadero héroe, Tomás —dice Lucas, orgulloso.

Tomás sonríe, sabiendo que ha hecho lo correcto. La historia está a salvo y el tiempo está en paz.

- Abrazar - To hug
- Arreglar - To fix
- Confusión - Confusion
- Desordenado - Messy
- Despedirse - To say goodbye
- Difícil - Difficult
- En orden - In order
- Herramienta - Tool
- Lograr - To achieve
- Normalidad - Normality
- Parpadear - To blink
- Remoto - Remote
- Salvación - Salvation
- Sospechar - To suspect
- Traje - Suit
- Transportar - To transport
- Tropezar - To stumble

Juan y los Extraterrestres: ¡Cuidado con la Radio!

El Primer Contacto

Juan es un joven curioso. Vive en una pequeña casa con su perro Max. Un día, suena su radio mientras él está en su habitación.

—¿Qué es esto? —pregunta Juan, acercándose a la radio.

Escucha un mensaje extraño. Suena como un idioma desconocido. Cree que son extraterrestres.

—¡Max, creo que son extraterrestres! —dice Juan, emocionado.

Decide investigar más. Compra libros sobre extraterrestres en una librería cercana.

—Necesito entender estos mensajes —piensa Juan, hojeando los libros.

Habla con su amigo Pedro en el parque.

—Pedro, escuché un mensaje de extraterrestres en mi radio —dice Juan, entusiasmado.

Pedro se ríe de él.

—¡Estás loco, Juan! —responde Pedro, riendo.

Juan no se desanima. Sigue buscando más mensajes en su radio. Encuentra más mensajes en un idioma raro.

—¡Otra vez, Max! ¡Escucha esto! —exclama Juan, emocionado.

Juan empieza a aprender el idioma con la ayuda de sus libros. Está convencido de que son mensajes de ayuda.

—Quieren decirnos algo importante, Max —dice Juan, decidido.

Quiere preparar la Tierra para la invasión. Comienza a planear su misión.

—Tengo que hacer algo. No puedo esperar más —se dice a sí mismo.

Así, empieza su gran aventura para salvar al mundo, aunque pocos le creen.

- Acercarse - To approach
- Aventura - Adventure
- Buscar - To search
- Desanimarse - To get discouraged
- Idioma - Language
- Invasión - Invasion
- Investigar - To investigate
- Librería - Bookstore
- Mensaje - Message
- Misión - Mission
- Planear - To plan
- Preparar - To prepare
- Radiotransmisión - Broadcast
- Salvar - To save
- Sorprenderse - To be surprised
- Sospechar - To suspect
- Transmitir - To transmit

Reuniendo Pruebas

Juan compra una grabadora en una tienda de electrónica.

—Necesito grabar esos mensajes —dice Juan, decidido.

Graba los mensajes de la radio. Se escuchan voces extrañas y sonidos misteriosos.

—¡Esto es increíble! —exclama Juan, emocionado.

Pedro sigue sin creerle.

—Juan, esto es una locura —dice Pedro, riéndose.

Juan le muestra las grabaciones.

—Escucha esto, Pedro. Son mensajes reales —dice Juan, dándole la grabadora.

Pedro escucha los mensajes. Su expresión cambia.

—Esto... esto es raro —admite Pedro, comenzando a dudar.

Juan busca más pruebas. Compra un telescopio en una tienda de astronomía.

—Con esto, podré ver las naves espaciales —piensa Juan, emocionado.

Mira las estrellas cada noche desde su patio. El cielo está despejado y las estrellas brillan.

—¡Allí! Creo que veo algo —dice Juan, enfocando el telescopio.

Cree ver naves espaciales en el cielo. Toma fotos con su cámara.

—Estas fotos son la prueba —dice Juan, satisfecho.

Muestra las fotos a Pedro.

—Mira, Pedro. Estas son las naves espaciales —dice Juan, enseñándole las fotos.

Pedro sigue sin estar convencido.

—No sé, Juan. Podrían ser aviones o satélites —dice Pedro, dudoso.

Juan se frustra.

—¡No entiendes, Pedro! Esto es real —dice Juan, enojado.

Decide seguir solo.

—Tengo que continuar mi misión, con o sin Pedro —piensa
Juan, decidido.

Así, Juan sigue adelante, convencido de que debe preparar la
Tierra para la invasión extraterrestre.

- Admitir - To admit
- Astronomía - Astronomy
- Cambiar - To change
- Decidido - Determined
- Despejado - Clear (sky)
- Dudar - To doubt
- Enfocar - To focus
- Expresión - Expression
- Frustrarse - To get frustrated
- Grabadora - Recorder
- Locura - Madness
- Misterioso - Mysterious
- Prueba - Proof
- Raro - Strange
- Satisfecho - Satisfied
- Sonido - Sound
- Telescopio - Telescope

La Preparación

Juan hace una lista de tareas en su cuaderno.

—Necesito estar listo para la invasión —dice Juan, escribiendo
rápidamente.

Compra comida enlatada en el supermercado.

—Esto durará mucho tiempo —piensa Juan, poniendo latas en
su carrito.

Guarda agua en botellas grandes.

—El agua es esencial —dice, cerrando las botellas con fuerza.

Compra linternas y baterías en una tienda de electrónica.

—Necesitaré luz en caso de emergencia —dice Juan, eligiendo las linternas más potentes.

Habla con su vecina Ana en el jardín.

—Ana, creo que los extraterrestres están viniendo —dice Juan, seriamente.

Ana escucha con interés.

—¿De verdad? Cuéntame más —responde Ana, curiosa.

Ana empieza a ayudarlo.

—Podemos hacer esto juntos, Juan —dice Ana, sonriendo.

Juntos buscan más mensajes en la radio.

—Escucha, Ana. Esta frecuencia es nueva —dice Juan, ajustando la radio.

Encuentran más frecuencias con mensajes.

—Este es más claro —dice Ana, con los auriculares puestos.

Los mensajes hablan de una invasión inminente.

—Dicen que vienen pronto —dice Juan, nervioso.

Ana lo tranquiliza.

—No te preocupes, Juan. Estamos preparados —dice Ana, tocándole el hombro.

Siguen preparando su casa. Ponen alimentos y agua en un rincón seguro.

—Todo está en su lugar —dice Juan, satisfecho.

Se sienten listos para lo que venga.

—Estamos listos, Ana. Pase lo que pase, estamos preparados —dice Juan, sonriendo con determinación.

Ana asiente, confiada en que podrán enfrentar cualquier cosa juntos.

* Ajustar - To adjust
* Auriculares - Headphones
* Carrito - Cart
* Curiosa - Curious
* Durar - To last
* Emergencia - Emergency
* Enlatado - Canned
* Enfrentar - To face
* Frecuencia - Frequency
* Inminente - Imminent
* Invasión - Invasion
* Linterna - Flashlight
* Mensaje - Message
* Potente - Powerful
* Preparar - To prepare
* Tranquilizar - To calm down
* Vecina - Neighbor

Buscando Aliados

Juan decide buscar más ayuda. El clima es fresco y soleado. Va a una conferencia sobre extraterrestres en la ciudad.

—Espero encontrar a alguien que me crea —piensa Juan mientras camina.

En la conferencia, conoce a Marta, una experta en ovnis.

—Hola, soy Juan. Creo que los extraterrestres están enviando mensajes —dice Juan.

Marta se muestra interesada.

—¿De verdad? Cuéntame más, Juan —responde Marta, curiosa.

Juan le cuenta sobre los mensajes.

—Escucho los mensajes en mi radio. Son en un idioma raro —explica Juan.

Marta escucha atentamente.

—¿Tienes grabaciones de esos mensajes? —pregunta Marta.

Juan le muestra las grabaciones.

—Aquí están. Escucha esto —dice Juan, dándole la grabadora.

Marta las analiza con cuidado.

—Estos sonidos son muy interesantes —dice Marta, concentrada.

Cree que son reales.

—Juan, creo que tienes razón. Estos mensajes podrían ser de extraterrestres —dice Marta, convencida.

Marta se une a la misión.

—Vamos a trabajar juntos, Juan. Esto es muy importante —dice Marta, decidida.

Empiezan a informar a la gente sobre los mensajes.

—Atención, todos. Tenemos algo importante que compartir —dice Juan en una reunión.

Algunos los escuchan con interés.

—Esto es increíble. Cuéntenme más —dice una persona del público.

Otros los ignoran.

—Esto es una tontería. No creo en extraterrestres —dice otra persona, saliendo de la sala.

Juan sigue adelante, decidido.

—No importa. Seguiremos con nuestra misión —dice Juan.

Ana, Marta y Pedro forman un equipo.

—Juntos somos más fuertes —dice Ana, sonriendo.

Juntos buscan más pruebas. Usan telescopios, radios y cámaras.

—Tenemos que encontrar más evidencias —dice Pedro, mirando por el telescopio.

El equipo trabaja duro, unidos por su misión.

- Analizar - To analyze
- Atención - Attention
- Atentamente - Attentively
- Concentrada - Focused
- Convencida - Convinced
- Decidida - Determined
- Evidencia - Evidence
- Experta - Expert
- Importante - Important
- Informar - To inform
- Interesada - Interested
- Mensaje - Message
- Misión - Mission
- Ovni - UFO

- Prueba - Proof
- Tontería - Nonsense
- Unidos - United

La Amenaza Crece

Los mensajes se vuelven urgentes. La radio de Juan suena constantemente con voces apresuradas y alarmantes.

—Esto suena serio, Juan —dice Ana, preocupada.

Hablan de una fecha exacta. Los mensajes mencionan una fecha inminente.

—Dicen que algo grande va a pasar el próximo mes —dice Juan, nervioso.

El equipo se preocupa.

—¿Qué vamos a hacer? —pregunta Pedro, inquieto.

Juan decide alertar a más personas.

—Tenemos que decirle a todos. No podemos quedarnos callados —dice Juan, decidido.

Organizan una reunión en la plaza del pueblo. El clima es cálido y soleado, perfecto para una reunión al aire libre.

—Espero que vengan muchas personas —dice Marta, colocando sillas.

Vienen muchas personas. La plaza está llena de gente curiosa.

—Gracias por venir, todos. Tenemos algo importante que compartir —dice Juan, tomando el micrófono.

Juan explica la situación.

—Hemos recibido mensajes de extraterrestres. Hablan de una invasión inminente —dice Juan, seriamente.

Algunos se ríen.

—¡Esto es ridículo! —grita alguien desde el fondo.

Otros se van.

—No puedo perder el tiempo con esto —dice una mujer, alejándose.

Un grupo pequeño se queda. Miran a Juan con seriedad.

—Queremos ayudar. ¿Qué podemos hacer? —pregunta un hombre.

Deciden ayudar. Preparan un plan de emergencia.

—Guardemos suministros en un almacén seguro —dice Ana.

Guardan comida, agua y medicinas en un almacén. El almacén es grande y fresco, perfecto para almacenar provisiones.

—Aquí estaremos seguros —dice Pedro, colocando las cajas.

Aprenden primeros auxilios con la ayuda de Marta, que tiene conocimientos médicos.

—Es importante saber qué hacer en caso de emergencia —explica Marta, mostrando cómo hacer un vendaje.

Se preparan para lo peor.

—Estamos listos para cualquier cosa —dice Juan, mirando a su equipo con determinación.

El grupo se siente más unido y preparado para enfrentar cualquier desafío que venga.

- Alarmante - Alarming
- Almacén - Warehouse
- Apresurado - Hasty

- Ayuda - Aid
- Callado - Silent
- Curioso - Curious
- Decidido - Determined
- Desafío - Challenge
- Emergencia - Emergency
- Enfrentar - To face
- Fecha - Date
- Inminente - Imminent
- Micrófono - Microphone
- Preparar - To prepare
- Provisión - Provision
- Seriedad - Seriousness
- Vendaje - Bandage

Los Escépticos

La noticia se extiende rápidamente. El clima es frío y lluvioso, pero la gente habla en las calles.

—¿Escuchaste sobre Juan? Dice que vienen extraterrestres —comenta una señora.

La televisión habla de Juan. En la pantalla, un reportero informa desde la plaza.

—Juan asegura haber recibido mensajes de extraterrestres. Algunos lo llaman un héroe, otros un loco —dice el reportero.

La gente lo llama loco.

—Ese tipo está loco —dice un hombre en el bar—. No hay extraterrestres.

Pedro duda de nuevo.

—Juan, ¿y si estamos equivocados? —pregunta Pedro, con el ceño fruncido.

Ana lo apoya.

—Juan, yo te creo. Hemos visto las pruebas —dice Ana, con una mano en el hombro de Juan.

Marta sigue investigando. Pasa horas en su pequeño laboratorio.

—Debo encontrar más información —murmura Marta, leyendo un libro.

Encuentran más mensajes en la radio.

—¡Juan, escucha esto! —exclama Marta, llamándolo.

Los mensajes son muy claros. Hablan de la invasión.

—Dicen que la invasión es inminente. No tenemos mucho tiempo —dice Juan, preocupado.

Juan intenta convencer a Pedro.

—Pedro, por favor. Necesitamos tu ayuda. Esto es real —dice Juan, desesperado.

Pedro sigue dudando.

—No lo sé, Juan. Todo esto es muy extraño —responde Pedro, con dudas en su voz.

Ana se enfada con Pedro.

—¡Pedro, abre los ojos! ¡Esto es serio! —grita Ana, frustrada.

El equipo se divide. Pedro se aleja, mientras Ana y Marta se quedan con Juan.

—No podemos perder tiempo. Sigamos adelante —dice Marta, decidida.

Juan sigue adelante.

—Tenemos que continuar. No podemos rendirnos ahora —dice Juan, con determinación.

Está decidido a salvar a la Tierra.

—Haremos lo necesario para proteger a todos —dice Juan, mirando a Ana y Marta.

El grupo reducido se siente más fuerte y unido, listo para enfrentar el desafío que se avecina.

- Alejarse - To move away
- Apoyar - To support
- Asegurar - To assure
- Ceño - Frown
- Desesperado - Desperate
- Determinación - Determination
- Dividir - To divide
- Enfadar - To get angry
- Extenderse - To spread
- Frustrado - Frustrated
- Heroe - Hero
- Invasión - Invasion
- Loco - Crazy
- Murmullo - Murmur
- Reportero - Reporter
- Rendirse - To give up
- Unido - United

El Clímax del Moderno Don Quijote

Llega la fecha de la invasión. El cielo está nublado y el ambiente es tenso.

—Hoy es el día —dice Juan, mirando al cielo.

Juan está nervioso. Camina de un lado a otro en su casa.

—Tranquilo, Juan. Estamos contigo —dice Ana, con una sonrisa.

Ana y Marta lo apoyan.

—Hemos hecho todo lo posible para prepararnos —dice Marta, con confianza.

Pedro finalmente se une al grupo.

—Lo siento por dudar. Estoy aquí para ayudar —dice Pedro, con sinceridad.

Todos están listos. Se reúnen en la plaza, donde el aire es fresco y hay una ligera brisa.

—Vamos a enfrentarlo juntos —dice Juan, decidido.

De repente, ven luces en el cielo. Las luces parpadean y se mueven rápidamente.

—¡Miren eso! —grita una persona en la multitud.

La gente corre asustada. Los gritos llenan la plaza.

—¡Cálmense todos! —intenta decir Juan, levantando las manos.

Juan se mantiene firme. Observa las luces con atención.

—No debemos tener miedo. Debemos mantener la calma —dice Juan, con voz firme.

Las luces se acercan rápidamente.

—Están viniendo hacia nosotros —dice Pedro, preocupado.

Son solo aviones. Los aviones pasan sobre la plaza y desaparecen en el horizonte.

—Solo son aviones. No hay invasión — dice Marta, aliviada.

La gente se calma. Poco a poco, vuelven a la plaza.

—Lo siento por haber dudado —dice Pedro, con la cabeza baja.

Pedro se disculpa.

—Está bien, Pedro. Todos estábamos asustados —responde Juan, con una sonrisa.

Todos se ríen. La tensión se disuelve y la plaza se llena de risas y charlas.

—Al menos estamos preparados para cualquier cosa —dice Ana, sonriendo.

Juan se convierte en un héroe local, aunque no hubo invasión.

—Eres nuestro héroe, Juan —dice una señora, dándole una palmadita en la espalda.

—Gracias, pero solo hice lo que creía necesario —responde Juan, humildemente.

La gente empieza a verlo como un símbolo de valentía y determinación, recordando siempre cómo Juan estaba dispuesto a protegerlos.

- Aproximarse - To approach
- Bajada - Descent
- Brisa - Breeze
- Charla - Chat
- Disculparse - To apologize
- Disolver - To dissolve
- Entorno - Surroundings
- Firmemente - Firmly
- Invasión - Invasion
- Multitud - Crowd
- Nervioso - Nervous

- Parpadear - To blink
- Preparar - To prepare
- Símbolo - Symbol
- Sinceridad - Sincerity
- Tensión - Tension
- Valentía - Courage

Don Juan y su Batalla Política

El Despertar del Caballero Político

Juan trabaja en una oficina en la ciudad. Es un hombre honesto y justo. Un día, lee un artículo sobre corrupción política.

—¡Esto es inaceptable! —dice Juan, enojado.

Se siente muy enojado y decide que debe hacer algo. Compra libros sobre política y justicia en una librería cercana.

—Necesito entender más sobre esto —piensa Juan, hojeando los libros.

Habla con su amigo Pedro sobre sus planes.

—Pedro, quiero luchar contra la corrupción —dice Juan, con determinación.

Pedro se ríe de él.

—¿Tú, un caballero político? ¡Eso es ridículo! —se burla Pedro.

Juan no se desanima. Comienza a investigar a políticos corruptos.

—Hay mucha injusticia que arreglar —murmura Juan, leyendo artículos en su computadora.

Se siente como un caballero medieval. Decide luchar por la justicia y el honor.

—Seré como Don Quijote, pero en la política —dice Juan, sonriendo.

Compra un traje elegante para sus campañas. Es un traje negro con corbata azul.

—Me veo como un verdadero político —dice Juan, mirándose en el espejo.

Crea un blog para compartir sus ideas.

—Aquí compartiré mis pensamientos sobre la justicia —escribe Juan en su primer post.

Se convierte en el Caballero Político. Está listo para comenzar su misión.

—La lucha por la justicia empieza hoy —declara Juan, con confianza.

Así, Juan inicia su viaje quijotesco para restaurar el honor y la justicia en el mundo político.

- Arreglar - To fix
- Burla - Mockery
- Campaña - Campaign
- Compartir - To share
- Confianza - Confidence
- Corrupción - Corruption
- Declarar - To declare
- Determinado - Determined
- Elegante - Elegant
- Espejo - Mirror
- Honesto - Honest
- Injusticia - Injustice
- Investigación - Investigation
- Justicia - Justice
- Luchar - To fight
- Político - Politician
- Quijotesco - Quixotic

La Primera Campaña

Juan organiza su primera campaña. Quiere denunciar a un político corrupto.

—Debemos actuar rápido —dice Juan, decidido.

Prepara folletos y carteles en su pequeña sala.

—Estos folletos deben llamar la atención —piensa, mientras los diseña.

Pide ayuda a sus amigos. Solo Pedro y Ana lo apoyan.

—Te ayudaré, Juan. La justicia es importante —dice Ana, sonriendo.

Van a la plaza del pueblo. El clima está fresco y soleado.

—Aquí podemos hablar con muchas personas —dice Juan, mirando alrededor.

Juan habla con pasión sobre la justicia.

—¡No podemos permitir la corrupción en nuestra ciudad! —grita Juan, levantando un folleto.

La gente pasa sin escuchar. Algunos se ríen de él.

—¿Quién es este loco? —dice un hombre, riendo mientras pasa.

Juan no se rinde. Sigue repartiendo folletos con entusiasmo.

—Por favor, lean esto. Es importante —dice, entregando un folleto a una señora.

Pedro se siente incómodo.

—Juan, creo que esto no está funcionando —susurra Pedro, nervioso.

Ana lo anima a seguir.

—No te desanimes, Juan. Estás haciendo lo correcto —dice Ana, con firmeza.

Juan siente que ha hecho lo correcto.

—Al menos he intentado algo —piensa, sintiéndose orgulloso.

Vuelve a casa agotado pero satisfecho.

—Hoy fue un buen comienzo —dice, sonriendo mientras se sienta en su sofá.

Así termina la primera campaña de Juan, quien sigue decidido a luchar por la justicia y la honorabilidad en la política.

- Agotado - Exhausted
- Animar - To encourage
- Atención - Attention
- Cartel - Poster
- Denunciar - To denounce
- Diseñar - To design
- Entusiasmo - Enthusiasm
- Firmeza - Firmness
- Folleto - Pamphlet
- Honorabilidad - Honorability
- Incomodo - Uncomfortable
- Justicia - Justice
- Levantar - To lift
- Permitir - To allow
- Rendirse - To give up
- Repartir - To distribute
- Satisfecho - Satisfied

La Búsqueda de Aliados

Juan decide buscar más apoyo. El clima es cálido y soleado. Habla con diferentes grupos políticos en la ciudad.

—Necesito aliados para luchar contra la corrupción —piensa Juan, decidido.

Visita reuniones comunitarias. Las salas están llenas de gente hablando y discutiendo.

—Hola, soy Juan. Estoy luchando por la justicia en nuestra ciudad —dice Juan a los asistentes.

Conoce a María, una activista apasionada.

—Hola, soy María. Me interesa tu causa —dice María, sonriendo.

María se interesa en su causa y empiezan a trabajar juntos.

—Podemos hacer una gran diferencia —dice María, entusiasmada.

Organizan una nueva campaña. Preparan folletos y carteles en el comedor de Juan.

—Esta vez seremos más fuertes —dice Juan, mientras diseña un cartel.

Hablan con los vecinos sobre sus ideas. Van de puerta en puerta en el barrio.

—Buenas tardes, estamos luchando contra la corrupción —dice María, entregando un folleto.

Algunos vecinos los apoyan.

—Me gusta lo que están haciendo. Cuenten con mi apoyo —dice una señora mayor.

Otros vecinos son indiferentes.

—No tengo tiempo para esto —responde un hombre, cerrando la puerta.

Juan no se desanima.

—Seguiremos adelante, no importa qué —dice Juan, con determinación.

Crea un grupo en redes sociales.

—Aquí podemos llegar a más personas —piensa Juan, mientras crea la página.

Publica sus ideas y planes en línea.

—Es importante que todos sepan lo que estamos haciendo —escribe Juan en su primer post.

Gana algunos seguidores.

—Mira, Juan. Ya tenemos 100 seguidores —dice María, mostrando su teléfono.

Siente que está haciendo una diferencia.

—Estamos en el camino correcto —dice Juan, sonriendo.

Así, Juan sigue su lucha por la justicia, ahora con más aliados y una comunidad que comienza a creer en su causa.

- Activista - Activist
- Aliados - Allies
- Asistente - Attendee
- Barrio - Neighborhood
- Causa - Cause
- Comedor - Dining room
- Comunidades - Communities
- Corrupción - Corruption
- Decidido - Determined

- Diferencia - Difference
- Entusiasmado - Enthusiastic
- Indiferente - Indifferent
- Justicia - Justice
- Luchar - To fight
- Redes sociales - Social media
- Seguidores - Followers
- Vecino - Neighbor

La Gran Conspiración

Juan descubre una conspiración política. Un grupo de políticos planea algo ilegal.

—¡No puedo creer lo que he encontrado! —dice Juan, leyendo los documentos.

Se siente como un héroe. Habla con Pedro y María sobre la conspiración.

—Pedro, María, tenemos que hablar. He descubierto algo grave —dice Juan, serio.

—¿Qué pasa, Juan? —pregunta María, preocupada.

—Un grupo de políticos está planeando algo ilegal. Tenemos que detenerlos —explica Juan.

Deciden investigar más. Se reúnen en la casa de Juan para planear.

—Necesitamos más pruebas para denunciar esto —dice Pedro, tomando notas.

Encuentran pruebas importantes: documentos, correos electrónicos y grabaciones.

—Esto es suficiente para hacer una denuncia pública —dice María, revisando las pruebas.

Juan prepara una denuncia pública.

—Voy a escribir una declaración para los medios —dice Juan, sentado en su escritorio.

Convoca a una conferencia de prensa en el parque. El clima está nublado y hace frío.

—Espero que venga mucha gente —piensa Juan, mirando el cielo.

Muy pocas personas asisten. Solo hay unas diez personas y algunos curiosos.

—Gracias por venir. Hoy hablaré sobre una gran conspiración —dice Juan, nervioso.

Los medios no le prestan atención. No hay cámaras ni periodistas importantes.

—Esto es decepcionante —susurra Pedro.

Juan se siente frustrado.

—¿Por qué nadie escucha? —dice Juan, con la cabeza baja.

Pedro intenta animarlo.

—No te rindas, Juan. Estamos haciendo lo correcto —dice Pedro, apoyándolo.

María sugiere buscar más pruebas.

—Quizás necesitamos más evidencia para que nos tomen en serio —dice María, pensativa.

Deciden seguir investigando.

—No podemos parar ahora. Vamos a encontrar más pruebas —dice Juan, decidido.

Juan está decidido a luchar por la justicia.

—No importa cuántos obstáculos encontremos, no me rendiré —
dice Juan, con determinación.

El equipo sigue adelante, más comprometido que nunca en su
lucha por la justicia y la verdad.

* Apoyar - To support
* Comprometido - Committed
* Conferencia - Conference
* Conspiración - Conspiracy
* Correo electrónico - Email
* Decepción - Disappointment
* Declaración - Statement
* Denunciar - To denounce
* Desanimar - To discourage
* Detener - To stop
* Documento - Document
* Escuchar - To listen
* Frustrado - Frustrated
* Ilegal - Illegal
* Investigar - To investigate
* Medios - Media
* Prueba - Evidence

La Reacción del Público

La gente empieza a hablar de Juan. En las calles, en los cafés,
todos comentan sobre él.

—¿Has oído sobre Juan? —pregunta una mujer en el mercado.

—Sí, dicen que está luchando contra los políticos corruptos —
responde otra persona.

Algunos lo llaman loco.

—Ese hombre está loco. No puede cambiar nada —dice un hombre en el parque.

Otros lo ven como un héroe.

—Juan es valiente. Necesitamos más personas como él —dice una mujer mayor.

Los medios comienzan a interesarse. Un día, Juan recibe una llamada.

—Hola, soy de la televisión. Queremos entrevistarte —dice el productor.

Juan es entrevistado en la televisión. El clima es soleado y cálido el día de la entrevista.

—Juan, cuéntanos sobre tu lucha por la justicia —pregunta el presentador.

—Estoy aquí para denunciar la corrupción y restaurar el honor en la política —responde Juan, con confianza.

Hablando sobre la justicia y el honor, gana algunos seguidores nuevos.

—Necesitamos apoyar a Juan —dice un joven, viendo la entrevista en su casa.

Los políticos se sienten amenazados.

—Este hombre está causando problemas —dice un político corrupto a sus colegas.

Intentan desacreditar a Juan. Publican noticias falsas sobre él en los periódicos.

—Juan no es quien dice ser. No confíen en él —dicen los titulares.

Juan se siente atacado.

—¿Por qué hacen esto? Solo quiero ayudar —dice Juan, triste.

Pedro y María lo apoyan.

—No te preocupes, Juan. Sabemos la verdad —dice Pedro, dándole una palmada en la espalda.

—Estamos contigo, Juan. No te rindas —añade María, con una sonrisa.

Deciden organizar una marcha. Empiezan a planificarla en la casa de Juan.

—Necesitamos que la gente nos escuche —dice Juan, decidido.

Muchas personas asisten a la marcha. La plaza está llena de gente con carteles y pancartas.

—¡Justicia para todos! —gritan mientras caminan.

Juan se siente fuerte y motivado.

—Gracias por su apoyo. ¡Juntos podemos lograrlo! —dice Juan, con energía.

La marcha es un éxito, y Juan se siente más decidido que nunca a seguir su lucha por la justicia y el honor en la política.

- Amenazado - Threatened
- Apoyar - To support
- Atacar - To attack
- Confianza - Confidence
- Corrupto - Corrupt
- Desacreditar - To discredit
- Denunciar - To denounce
- Entrevista - Interview
- Honra - Honor
- Loco - Crazy

- Luchar - To fight
- Motivado - Motivated
- Palmada - Pat
- Pancarta - Banner
- Presentador - Presenter
- Restaurar - To restore
- Seguidor - Follower

La Gran Marcha

La marcha es un éxito. El sol brilla y el cielo está despejado. La gente lleva pancartas y canta.

—¡Justicia para todos! —gritan, mientras caminan por las calles.

Juan se siente orgulloso. Mira a la multitud con una sonrisa.

—Lo hemos logrado, Pedro. Mira a toda esta gente —dice Juan.

—Sí, es increíble. Estoy muy feliz por ti —responde Pedro.

Los políticos están nerviosos. Observan desde sus oficinas con preocupación.

—Esto puede ser un problema para nosotros —dice un político, frunciendo el ceño.

La policía observa la marcha. Están atentos pero todo es pacífico.

—No hay problemas aquí. La gente está tranquila —dice un oficial de policía.

Juan da un discurso apasionado en la plaza.

—¡Gracias por estar aquí! Hoy luchamos por la justicia y contra la corrupción —dice Juan, levantando el brazo.

Hablando sobre justicia y corrupción, la gente aplaude y vitorea.

—¡Bravo, Juan! —grita una mujer desde la multitud.

Los medios cubren el evento. Las cámaras filman y los reporteros toman notas.

—Juan está haciendo historia hoy —dice un reportero en vivo.

Juan es visto como un líder. La gente lo admira y lo respeta.

—Eres un verdadero líder, Juan —dice María, sonriendo.

Se siente más motivado que nunca.

—Este es solo el comienzo. Tenemos mucho más por hacer —dice Juan, con determinación.

Planea su próxima campaña. En su pequeño apartamento, dibuja mapas y escribe ideas en un cuaderno.

—La próxima vez, seremos aún más fuertes —piensa Juan.

Pedro y María están a su lado.

—Estamos contigo, Juan. Vamos a seguir luchando juntos —dice Pedro, con firmeza.

—Sí, no estás solo en esto —añade María.

Juan sabe que la lucha sigue.

—La batalla por la justicia no ha terminado. Pero sé que podemos ganar —dice Juan, mirando a sus amigos.

Con esta convicción, Juan sigue adelante, preparado para enfrentar cualquier desafío que venga en su camino hacia un mundo más justo.

- Aplaudir - To applaud
- Apartemento - Apartment
- Convicción - Conviction
- Corrupción - Corruption
- Despejado - Clear (sky)

- Despejado - Clear (sky)
- Discurso - Speech
- Enfrentar - To face
- Fruncir el ceño - To frown
- Increíble - Incredible
- Liderazgo - Leadership
- Motivado - Motivated
- Multitud - Crowd
- Oficial - Officer
- Pacífico - Peaceful
- Pancarta - Banner
- Vitorear - To cheer

El Clímax del Moderno Don Quijote

Llega el día de la gran campaña. Juan está nervioso pero decidido.

—Hoy es el día, Pedro. Estoy un poco nervioso —dice Juan.

—No te preocupes, Juan. Estamos contigo —responde Pedro, animándolo.

El clima es soleado y el cielo está despejado. Pedro y María están con él.

—Vamos a hacer historia hoy —dice María, sonriendo.

La gente se reúne en la plaza. Hay una gran multitud esperando escuchar a Juan.

—Mira cuántas personas han venido —dice Pedro, sorprendido.

Juan sube al escenario. Las luces brillan y el micrófono está listo.

—Buenas tardes a todos. Gracias por estar aquí —comienza Juan, tomando una respiración profunda.

Comienza su discurso. Habla con pasión sobre la justicia y la corrupción.

—Hoy estamos aquí para luchar contra la corrupción y traer justicia a nuestra ciudad —dice Juan, con voz firme.

Los políticos corruptos intentan interrumpirlo.

—¡Esto es una mentira! —grita uno de los políticos desde la multitud.

La gente defiende a Juan.

—¡Déjenlo hablar! —grita una mujer.

Se forma un gran debate en la plaza. Todos hablan y discuten.

—Necesitamos escuchar a Juan. Él tiene razón —dice un hombre.

Juan se mantiene firme.

—La verdad debe salir a la luz. No nos callarán —dice Juan, con determinación.

La verdad sale a la luz. Las pruebas de corrupción son claras.

—Aquí están las pruebas. Estos políticos nos han engañado —dice Juan, mostrando documentos.

Los políticos corruptos son expuestos. La gente está enojada pero también agradecida.

—¡Justicia para todos! —gritan, apoyando a Juan.

Juan se convierte en un héroe del pueblo. La gente lo admira y respeta.

—Eres nuestro héroe, Juan. Gracias por tu valentía —dice una señora mayor, dándole la mano.

—Solo hice lo que debía hacer —responde Juan, humildemente.

Con este gran triunfo, Juan siente que su lucha ha valido la pena. Ahora, es un verdadero caballero de la justicia, el héroe que su ciudad necesitaba.

- Agradecido - Grateful
- Animar - To encourage
- Campaña - Campaign
- Corrupto - Corrupt
- Debate - Debate
- Decidido - Determined
- Despejado - Clear (sky)
- Engañar - To deceive
- Exponer - To expose
- Interrumpir - To interrupt
- Justicia - Justice
- Mentira - Lie
- Multitud - Crowd
- Prueba - Evidence
- Respirar - To breathe
- Triunfo - Triumph
- Valentía - Courage

Spanish Graded Readers

For more books and E-book options visit:

www.briansmith.de